男人
这种动物

郭彦麟｜著

四川文艺出版社

图书在版编目（CIP）数据

男人这种动物 / 郭彦麟著. -- 成都：四川文艺出
版社, 2018.12
ISBN 978-7-5411-5199-6

Ⅰ.①男… Ⅱ.①郭… Ⅲ.①散文集－中国－当代
Ⅳ.①I267

中国版本图书馆CIP数据核字(2018)第267140号

本书由宝瓶文化事业股份有限公司授权出版。

著作权合同登记号 图字：21-2018-472

NAN REN ZHE ZHONG DONG WU

男人这种动物

郭彦麟 著

策划出品　磨铁图书
责任编辑　张亮亮　奉学勤
责任校对　汪　平
装帧设计　木言工作室

出版发行　四川文艺出版社（成都槐树街2号）
网　　址　www.scwys.com
电　　话　028-86259287（发行部）　　028-86259303（编辑部）
传　　真　028-86259306

邮购地址　成都市槐树街2号四川文艺出版社邮购部　610031
印　　刷　河北鹏润印刷有限公司
成品尺寸　145mm×210mm　1/32
印　　张　8　　　　　　　　　字　　数　160千字
版　　次　2018年12月第一版　　印　　次　2018年12月第一次印刷
书　　号　ISBN 978-7-5411-5199-6
定　　价　45.00元

让女人由此理解，让男人获得安慰

那只是一个寻常的早晨，我如贩卖机一般坐定后，开始问诊。个案的声音、表情、思绪，一一按下我脑中的按键，经过某种深植的回路运算后，"哐当"一声，五颜六色的药物包裹落下，热腾腾也冷冰冰，鲜丽也暗淡，仿佛带来了治疗的希望，却也隐藏不住带回诊断的失望。

希望来自想象，失望也来自想象。

精神科诊间就是一个如此神秘的地方吧。隐匿于多数人生活的空白处，几乎与现实断裂，于是可以被大量的想象投射：对医师、对疾病、对治疗、对药物的想象……

救赎与诅咒，温暖的沙发与冰冷的铁床，智慧的领悟与发狂的咆哮，各种矛盾的意象充斥着小小的诊间。

但那其实只是我极其寻常的生活，一个再单调不过的房间——日光灯、空调、计算机，没有神话也没有鬼故事。

这里头的奇迹与悲剧，从未比外头现实人生里的多。

然而，一通电话，让那个寻常而单调的早晨，多了一些想象。

编辑偶然在网络上看见我荒废已久的文字，并沿着文字寻到了我。她问我，愿不愿意写一本"关于男人"的书。凭着声音，我答应了邀约，尽管一切都还停留在模糊的想象中。

对我而言，编辑的世界亦是个神秘的地方，文字经由熬煮提炼，被赋予了魔法，仿佛可以让想象成形。

于是，想象孕育出了想象。我开始采集文字，而编辑也开始熬煮，一个个男人的片段，缓慢地从炉火中提炼出来。

虽然至今，我仍对那早晨最初的偶然，感到超乎想象。

●

编辑说，这写男人的书，是要给女人看的。但我窃自藏了点野心，盼望这些煮软熟透的、彻底裸露出来的男人的肺腑肝肠，不仅能让女人因品尝而理解，也能让男人因被品尝而获得安慰。

一点点，一点点味道也好。

怀抱着这样的情感，从男人的内心出发，小心地往女人的内心靠近。男人的各种艰难委屈、沉默压抑、自恋自卑、苍老幼稚、内心枷锁或外在束缚，在文字里反复熬煮试尝，不能太浓，也不能太淡，要能入口，且能深刻入味。护着炉火，这是一段汗流浃背的过程。

但这也是一段令人衷心期盼的旅程，从男人至女人，邻近却遥迢，跨越想象的旅程。

最初每一个片段皆以一个名词（对象或生物）作为标题，像是"盐巴""糖""黑狗""花猫"。但这样的标题似乎太过隐晦，无法清楚直接地传达想法，于是做了更改。

的确，最初的表达太疏离了，总觉得隔了一层说不出的东西，好像躲在什么后头似的。然而，那也如实反映了男人面对情感的姿态与女人面对这些姿态的困惑和不安。

男人总不说、不会说，或不想多说。一靠近，就闪身；一对眼，就扭头。于是，各种对象承载着男人压抑或生疏的情感，成为出口、替代或某种投递的信号。搁了就去，抛下就走。

像是《铁血男人》一篇中的"黑狗"，成了父亲与儿子间沉默的对话，是父亲对儿子的期待与掌控，也是儿子对父亲的不舍与宣告。也像是《夹心男人》故事里的"花猫"，让男人嫉妒、怨恨，最终又让男人愧疚而感激；那些复杂更迭的情感，本是对着母亲、妻子，甚至他自己的。

迂回间接，暧昧别扭，男人用一个"真实"的对象来取代"抽象"的情感，反而让真实的情感变得模糊而疏离了。所以《空气男人》

中，男人打碎了玻璃，丢弃了药袋，却依然沉默；而《棋盘男人》里，老男人算计着棋盘，守着空屋，也依然寂寞。

"黑狗"或"花猫"，终究不能取代谁。

说说话吧！一点点，一点点也好。

●

采集的过程中，田野不总是丰饶的，有干旱，也有严冬（也的确跨越了一个冬天）。眼前荒芜，身后是时间追赶，这些焦虑与怀疑，或许也投射入文字里了吧？

所幸，在度过了如炉火一般的溽暑后(啊，其实还在烤着呢！)，终于，那个早晨的想象不再只是想象，而是要具体地呈现在眼前了。

这是一本有重量、有影子的书。就如各种对象，将承载着各种情感与想象，传递到我无法想象的地方。

这是诊间里没有的魔法，一段惊奇的旅程。

旅程中，感谢编辑的指引，以及家人无尽的包容与陪伴。

目　录

像个孩子

Part
2

关于失去

Part
3

PART 1

寂寞难耐

MR.LONELY

疾风男人

无止境的焦虑，让他疲惫地追赶

"你会容易紧张吗？"

他正抱怨自己的失眠，却在我提出这个问题后，停顿下来，疲倦地闭上了眼睛。

越累越睡不着，睡不着第二天更累，无法沉睡又无法真的清醒……失眠带来的疲倦就这样加速地循环累积，变成偿不清的债。吞下了大把维生素、大量咖啡，统统排出体外，却没能排出丝毫疲倦；走投无路了，只冀望靠安眠药好好睡一觉，先还些利息也好。

但我知道，失眠只是浮出水面的冰山一角，底下往往藏着更大的问题。我想潜入水中一探究竟，毕竟安眠药只能短暂地应付，唯有化解冰山，才能慢慢改善根源，于是我问：

"你容易紧张吗？"

缩着肩膀的他仿佛坐在悬崖边，从表情到身体，所有的肌肉都像被上紧了螺丝，一放松就会失衡、坠落。他明显紧张不安，空气中些微的震动都能牵动他的思绪神经，但他否认自己会紧张，那不是他"该"有的问题。

"紧张？我不会紧张啊！"他皱皱眉头，有点防御地回答，好似我问了个失礼的问题，让他更加紧张。

不是紧张，那是什么呢？

我想起类似的经验，于是试着修正问题，从另一头下潜："那……你会容易'烦躁'吗？像是一件事情没确定，就一直牵挂着。"

他沉默了一下，微微点点头："好像有点这样。"

"太有责任感了。"我轻叹口气。

"也不是啦……"他苦笑着，表情放松了些。

缓缓地，我靠近了冰山一点。

⚷ 向前一步，更贴近彼此

紧张、担忧和烦躁，都是焦虑的不同面貌

他不是第一个否认自己紧张的男人。

紧张、担忧与烦躁，其实都是焦虑的不同面貌，但其间的细

微差异触动了许多心思，像是一个人对自己的看法、对这些形容词的想象与认同，还有隐藏在冰山下的敏感和自尊。

觉察这份"敏感"是重要的，往往越敏感的地方，就是越接近内心的地方。而且，如果我掌握的并不是对方想表达的，那么从这细微的分歧出发，我们未来的步伐将渐行渐远。

如此敏感的男人其实不少，对紧张矢口否认，对焦虑也有所疑虑。在他们的认知中，紧张意味着慌乱、神经质，是脆弱的象征，而焦虑似乎是说不够干脆洒脱。好几次我提到焦虑时，他们总是反问我：

"那代表什么？"

而大多数时候，这些男人则是什么也不说，只抱怨身体上的酸痛、疲惫，还有失眠。内心的冰山就继续藏在水面下，直到与生活产生猛烈的碰撞。

可以烦躁，但不能紧张，敏感的自尊增大了两者之间的差距，也限制了他能袒露的伤口。所幸，我们在"烦躁"上得到共识，他愿意袒露出来，我也才能靠近。

或许"烦躁"说出了肩上扛起的责任，还有坚强里默默承受的痛苦，也因此能够让他卸下心防，靠近他的内心。

跟焦虑赛跑

他是个软件工程师，思维缜密，认真负责，总能如期将案子完成，交出满意的成果。但随着上司的信赖增加，他肩膀上的担子也在增加，长路遥遥，他在有限的时间里赶路，依然要求自己完美地准时抵达。

所以他不断地跑——跟时间赛跑，跟焦虑赛跑，跟所有的不确定感赛跑。他总是担忧错误会在不留神的细处偷袭，只好跑到一切的前头亲眼看个仔细，才能安心。但未来一直在，下一秒，新的担忧又毫不留情地追上来。

他停不了，不是在急躁的奔跑中，就是在随时准备起跑的紧绷里。他就这样跑到筋疲力尽、浑身酸痛，开始用愤怒来踢开赛道上的阻碍。

他重重地挂断客户的电话，即使不说，上司也看出了他的浮躁。

上司让他休了几天假，于是他安排了一场家庭小旅行，想到山上转转，喘口气，便能重新调整呼吸。

"放松些了吗？"我问。

"完全没有，而且还得了重感冒。"他摇了摇头，口罩下是同样疲惫的脸。

旅途中，他依然被焦虑追赶着，非但全身的疲惫没卸下，还带了病毒回来。

放不下

他提早起床，焦躁地催促着妻儿，担心忘带行李、担心气候不佳、担心堵车延误时间。

一路上，他无暇欣赏风景，脑中盘算着如何完美地衔接行程：先订好餐厅，饥饿的时候刚好抵达，用餐后休息片刻，安顿好落脚处，赶在日落前奔赴几个景点，然后再确认晚餐的地点……

公司原应暂停的业务也悄悄被一同收拾进行李，他不时查看手机是否有未接来电或新的消息，即使已隔着群山云雾。

那天晚上，妻儿与整座山都熟睡在黑暗里，世界静得可以听见自己的心跳声，他却跟在家时一样，还是无法安眠。

孤独的疾行

隔日清早，他不耐烦地唤醒妻儿，反复宣告出发时间："快一点！不然我们到不了神木。"

"你到底在紧张什么？"妻子被他勒紧了神经，忍不住问。

"我是替你们担心，不是紧张！"他压抑怒气，臭着脸吼道。

穿入林间步道，清晨的悠闲顿时被他的疾行旋紧了发条。但妻子与一双儿女并没有跟上，他们走走停停，一会儿逗弄松鼠，一会儿在镜头前摆弄姿势，拖慢了他的步伐。他看着手表，感觉整个世界都在压缩，丢下一句："你们慢慢走吧！"便头也不回地继续疾行赶路。

"为什么他们就是不能配合我，不能体谅我？"

愤怒加速喘息，扰乱了空气里的平静。他怪罪着家人的阻碍，却无法察觉是自己内心不断渗透出来的焦虑，让路变得崎岖。

终于到了。然而，山林的静谧却没让他的心安定下来，看着眼前神木袒露出的雷击伤痕，他感受不到山林的静谧，反而陷入了孤独的委屈之中。

他自认为替全家担负了所有压力，独自走在前头排除障碍，大小事只有他在操劳烦心，妻儿慢条斯理地置身事外，漠不关心。

他感觉自己只身顶着一片快要垮落的天空，不能逃开，也不能歇息，心里的伤痕只能继续藏在冰山之下独自承受，仿佛一个悲剧英雄。

家人总算也抵达了。望着妻儿满不在乎地自在笑着，他再也抑制不了愤怒。

这趟旅行，全都被你们破坏了！他在心中暗想着，愤愤踢了路边垃圾桶一脚，如冰山崩裂般发出巨大声响。

他准时抵达神木，却失去了整趟旅行。

焦虑会传染

"我失控了……"他既自责又担忧，想知道自己怎么了。

"那是焦虑。"

我试着让他明白"焦虑"是如何慢慢地侵蚀他的。

焦虑就像是计算机病毒，潜入了大脑，启动无止境的担忧，将所有的"不确定"反复在心头煎着，煎到焦了。但这些无用的程序只是耗损大脑的资源，并没有产生任何效益，因而大脑开始空转变慢，无法关机，情绪管理系统也失去功能，愤怒倾巢而出……最后，大脑瘫痪，病毒感染全身，我们哪儿也到不了。

"是这样吗……"

他默默听着，过去一直以为这样的担忧只是责任感使然，直到他被自己的愤怒吓着了，才明白担忧已经失控。

"妻子跟小孩被吓到了吗？"我问。

"可能吧。他们好像变得很怕我生气。"他沮丧地说。

他终于停下来看见了妻儿的情绪，但我想，他的焦虑早就深深影响了他们。

焦虑是会传染的，尤其在亲密的关系之间。

家是一个"生命共同体"，情感的流动便是焦虑滋生的温床。焦虑往往就在彼此的担忧中蔓延，只是无人开口，也无从靠近。

其实焦虑早就传染给了妻儿，再加倍回到他身上。

妻子曾试着关心他、安抚他，但都被他当成指责与误解。他慢不下来，便怪别人落后；静不下来，便怪别人懒散。敏感一被触碰，他就以愤怒反击。

渐渐地，无所适从的妻儿也被焦虑淹没。孩子怕他生气而闪躲，妻子更是不知该如何靠近才能不惊扰他、耽搁他。他总质疑"为什么他们就是不能配合我"，但妻儿不是不配合，只是不想感染更多的焦虑，只好远远看着，忧心不已却又无能为力。

那天看着他独自上山的背影，他们也很伤心。

"其实我也不是真的气他们，毕竟他们是我心甘情愿想要保护的人，只是……"他说。

我点点头，表示明白他的矛盾。

"有时候，我们都急着要保护对方，却忘了先照顾好自己。"

☺ 关系修复的开始

找了一个机会，他向妻子袒露伤口："对不起，我真的太紧张了。"

妻子惊讶地靠近，然后柔软地安慰他："你真的不用那么担心，你带给我跟孩子的，已经足够了。"

冰山消融，化作温暖的泪水流出眼眶。他抱着妻子，放松了身体，也终能安心地倚靠着哭泣。

♡ 爱的领悟

慢一些，才能彼此陪伴。

支撑起天空的永远不会是独自的焦虑，而是情感的交织羁绊。

暗伤男人

任何关心或担忧，都可能刺痛他的自卑

每到年前，一种倒数计时的焦虑感便会在许多人心中嘀嗒嘀嗒地响起，我都戏称这是一种"过年症候群"。

　　有的人单纯是因为"社交焦虑"，不喜欢过度密集的成串社交。

　　有的人则是对陌生亲友的身家调查感到厌烦："有男朋友了吗？""结婚了吗？""生小孩了吗？"

　　还有许多人是与父母的关系疏离又紧张，过年团聚的气氛，只是在提醒他家庭的支离破碎。

　　当然，大多数的焦虑还是来自妻子到婆家、丈夫回妻子娘家，这种似乎一辈子都难以跨越的障碍。

　　传统家庭围在高墙里，可以由里头走出来，但很难从外面跨进去。

　　"那像是一场比赛。"他这样跟我比喻。

一年一度被迫以"女婿"的身份参赛，但在众目睽睽之下缺乏自信，屡屡挑战失败。不去，又仿佛认输。

"比什么都输。"

他沮丧地摇头叹气。

失业期间去妻子娘家，他安安静静地吃饭、发红包，但那些格格不入的热闹还是尖锐得刺耳。比赛一场接着一场，比年终奖金、比旅游照片、比孩子送的厚礼，甚至比"退休"后的闲情逸致。

大家很有默契地跳过他，看来消息流通得很快，他事先被淘汰了。

🔑 向前一步，更贴近彼此

失去认同的绝望

他本来是汽车销售员，业绩稳定，日复一日干了二十年，没有学得新花招，只靠一成不变的老实。他心想，反正业绩没有下滑就好。

但现实没打算这样陪他继续，车子进步得比他快太多，新品牌、新车型杀入战局，客户多问他几句，他便招架不住。

快五十岁时，他失业了。

"医师，你懂吗？那种感觉好像刚退伍后重新踏入社会，只不过当初是从大门进来，现在却是从后门偷偷溜回来。"他的语气带着失落。

投了好几份履历，都是汽车销售，哭等了半年却都石沉大海，妻子忍不住说道："除了车子，你就不会卖点别的吗？"

他被呛得回击："车子是我的专业、我的优势，我靠这个找工作不对吗？你又懂什么？"没说出口的是，如果他换了工作，就等于承认了自己的失败，他还在挣扎，想证明自己二十年的价值。

"专业，也是要别人认同才算数吧？"妻子冷冷地回了一句，回头继续批改作业。

从脖子到太阳穴瞬间一阵紧缩，整颗头又热又胀，但他忍了下来，没再争辩。他内心明白，幸好妻子当老师的工作稳定，一对儿女的大学学费、房贷，还有他这张嘴，暂时都靠她供养。

"我知道我太太其实是个体贴的人，只是受情绪影响才会有点刻薄。唉！让她一个人对抗现实的压力，我真是太没用了！"他沮丧地说。

而我看到了他内心潜藏的另一份忧伤——如果连妻子都否定了他，绝望就更深了。

旁人的疑惑，变成了否定的质疑

年后，妻子通过在学校认识的童书业务员帮他介绍了工作，他没有拒绝。

他听从妻子建议，卸下了领带、西装，穿得轻松一些，塑造一种和蔼的形象，开始在孩子出没的游乐园、博物馆或博览会摆摊，说故事给孩子听。

认真看了几次《水果奶奶》，总是模仿不来那种夸张的温柔语调，但他安静地低头陪小孩，笨拙老实地说着故事，书也莫名其妙地卖出了一些，勉强保住了饭碗。

业绩进展缓慢，日子却快速迫近年底。

虽然有了工作，他却比去年失业时更抗拒，他想象着说出自己的职业时，妻子亲友眼神中的轻蔑，又头痛得失眠。

"为什么呢？"我问，想知道他到底如何看待这份职业、看待自己，毕竟这些想象都来自他自己。

"你当医师的不会懂啦！"他不想说，他觉得他的妻子不懂，世界上也不会有人懂。

突然，我仿佛懂得他妻子的感受了！

那是一种被"砰"的一声反锁在门外的感受。原来在他耳里，我的疑惑变成了一种否定的质疑。

这一年来，自卑让他变得越来越敏感，妻子不经意的眼神、话语甚至沉默，都会让他受伤。但他并没有选择说出真正的想法与感受，任凭着伤口暴露，而痛又加深了自卑，继续恶化。

"妻子果然是彻底否定我了。"他藏着这样的想法，扭曲任何靠近自己的信息，于是关心变成同情、鼓励变成嘲讽、担忧变成了不信任。

他听见的，都变成了这些声音：

"为什么你这么没用呢？"

"为什么你不能接受你的失败呢？"

"为什么你还要继续做梦呢？"

愤怒因自卑而生

他忍着去妻子娘家，尽量低调地吃着饭，但终究还是轮到他上场了，公务员退休的大舅子突然跟他搭了话。

"听说你现在变成'说故事大王'了？"

他停下筷子赔笑，对上大舅子不怀好意的眼神："没有啦！"

"有没有带书来啊？露几手教教我们，我这种不专业的说起来，孙子都嫌无聊。"大舅子说完，其他人纷纷附和。

"真的还好啦！是故事书写得好，改天送几本给你们。"一时也不知该如何回应，他赶紧低下头扒了一口饭菜，嘴里一坨没化开的盐巴，好咸。

他很愤怒，回程路上紧紧抓着方向盘，疼痛也紧紧抓着他的头。

他气大舅子就只喜欢捉弄他！每年都爱找他聊车，聊了二十年，一辆也没向他买过。

他气他的工作！跟自己的孩子都说不上话了，哪懂得说故事？

这不过就是一门生意，照顾小主人、满足大主人，当孩子的面大声称赞给爸妈听。妻子教他要从孩子的特质中看见优势：聒噪的是活泼，沉默的是专注，跟不上的是有主见，走太快的是有创意。他试着去做，但还是失败了。他只看见各种讨人厌的缺陷，就像他看自己一样，一句称赞也说不出来。

他气妻子替他找了这份工作，但他更气自己不得不屈就！自卑在他的太阳穴上，紧紧打了个死结。

"你有没有觉得妈妈今天煮的菜很咸？"他试探地问。

"嗯？不会啊！"妻子答。

"不会？"他惊讶地大叫，开始用大量的抱怨宣泄无处诉说的愤怒，"你们也太夸张了吧？妈妈年纪那么大了，每年还让她那么辛苦煮一桌，而且你们都没有发现她越煮越咸吗？你哥到底有没有在关心妈妈啊？这可能是失智症的前兆啊！还是你们味觉都有问题？吃那么咸都不怕得高血压？"

妻子被他带刺的话挑起了愤怒，冷冷地看着他说："你不爽我哥就说，不用扯到我妈。"

"什么你妈我妈，你现在是把我当外人吗？对！我就是不爽你哥，他今天分明就是故意调侃我，其他人也跟着取笑。我只是个没念多少书的穷业务员，不像你们家，老师、教授、公务员，统统都是知识分子，被你们看不起也是活该！"他越说越激动。

"你不要太过分。如果不舒服，你以后可以不去！"妻子被气得也说了狠话。

"我就知道你会这样想，我不来是怕你难做人，结果来了反而让你丢脸了！"

"我没有觉得你让我丢脸！"妻子瞪着他说。

"没有？那你为什么要介绍那样的工作给我？不就是看不起我，认为我只配说故事耍猴戏吗？"他把伤口的痛，一口气吼了出来。

"你竟然这样说……为什么？你有问过我吗？"妻子咬着牙，不再开口，转头看窗外走了二十多年的风景，糊成了一片。

他把妻子弄哭了，突然不知所措，直视着前方返家的路。

刚刚那头暴戾发狂的狮子，又变回那个闯了祸不知该说什么，自我放弃的自卑男人。

自卑的投射阻断了沟通

"是啊！你问过她吗？"

我看着无助的他，那种自卑很深很深，浓浓的阴影把光都吸走了，他跳不出来，便想把所有人都扯进阴影里。

"投射"，便是如此。

自卑是自己挖掘的——我们认定自己是如此，再把这样的想象统统套到别人身上，认定别人心中的自己也是如此。

很多人就这样困在自卑里，拼命投射，却畏惧去沟通、去认识别人真正的想法。为什么怕呢？因为他们害怕去问了，那些想象就成真了。

男人的自卑里，其实藏着脆弱的自尊心。他们对于自己的一无是处充满了矛盾，既不愿真的承认，又感觉的确如此。

所以，他们选择被动，等待有人主动称赞他们；自己则继续以受伤的姿态留在自卑的洞里，憎恶自己。

"为什么要问？不就是那样吗？"他说。

"可是听起来似乎不是这样啊，你老婆似乎在等你问她啊！"我提醒他去打开他已经在妻子的泪光中看见，却迟迟不回应的信息。

妻子根本没有嫌弃他。妻子厌恶的是他的自卑。每次不小心碰着了，就像只河豚胀得大大的，露出伤人的刺。

妻子的体贴也因此被磨得粗糙了。猜不透他的心说是不懂他；猜中了，又说果真如此看待他。

🔆 关系修复的开始

"我终于鼓起勇气，问了我太太……"

最后一次来诊间时，他百感交集地说。

体贴的妻子流着眼泪告诉他，或许因为自己是老师，所以她觉得那是一份很伟大的工作。而且她知道丈夫是老实人，老实的人不会欺骗孩子，是一个让她放心又骄傲的人。

的确是个体贴的妻子，且真的是个可以在缺憾里看见美好的人。我听着他说，也深深地被感动，为了他的勇气、妻子的体贴，还有他们之间的重新理解。

♡ 爱的领悟

盐撒上去，会痛的地方就是伤口。

但疼痛不仅仅是因为盐，而是那里有伤。这伤口是自卑，却也是脆弱的自尊。

当看见了伤口，我们就该好好地照顾它，而不是一味指责别人，将疼痛投射给别人。

对于关爱我们的人而言，那疼痛，是同样巨大的。

夹心男人

缺少空间的爱，让他难以喘息

认识的人里，养猫的似乎越来越多。许多抱着单身主义、不打算生孩子或独居的人，纷纷养了猫来做伴。

　　在我的刻板印象中，猫是敏感而孤傲的，因此我对这所谓的"伴儿"不禁感到好奇。有次去养猫的朋友家中拜访，望着那双在黑暗里瞪大发亮的眼睛，总觉得看不透，不知这仿佛无声活在影子里的毛家伙，心究竟藏在哪里。它保持距离，用一种测量不到温度的眼神看着你，而你搞不懂自己该靠近还是后退。一秒之间你眼睛一眨，它跃上了高处，消失在阴影里。

　　"养猫到底有什么好处？"我问朋友，觉得这样的"陪伴"似乎有些空虚。

　　他毫不犹豫地回答："养猫，可以给彼此空间。"

　　我不大服气："可是应付这种若有似无的陪伴，蛮累人的吧？"

"跟猫相处，还是比跟人相处容易多了啊。"他摇摇头，满足地说。

或许吧，人与人之间尽管多了语言沟通，误解却没因此减少，相处间的重量反而更让人觉得窘迫。

难怪那个被重量压垮的男人会羡慕起他的猫。噢，严格来说是他妻子的猫。

向前一步，更贴近彼此

三人间，隐隐束缚的不自由

"猫真是又冷淡又难搞啊！"

其实他跟我一样，不太喜欢猫，但那是妻子的"女儿"，自然他也就成了"爸爸"。那是一只混杂着黑色、橘色与白色的玳瑁白猫，他没有研究，只管叫它"花花"，说它身上不规则的颜色像是泼了油漆未干一样。

婚后，为了在南部的他，妻子辞去北部的工作，抱着猫搬来这个陌生城市。

她说："结了婚就是要住在一起，才像共同拥有一个家啊！"所以她愿意冒险、牺牲。但新的生活乃至这个新的家，都是陌生的，只有身旁的猫是她唯一能依靠的熟悉伙伴，甚至胜过了常常不在家的丈夫。

只不过，家的真实并没有想象中那么单纯。

母亲原本是偶尔才来，没想到独子婚后，反而长住了下来。她说她把媳妇当自己女儿，住在一起分摊一些家务，媳妇才不会跟着邋遢懒惰的儿子受苦。

"持一个家很辛苦，以前什么都只有我自己一个人，现在没有女人想过那种生活了。"

数十年来单亲带大独子的艰苦，儿子早不想听，婆婆只好说给刚进门的媳妇听。妻子明白婆婆独自背负的辛酸，但总觉得这些话说得刻意，仿佛她也该承担些什么。

一些话，就这样搁在了心上，一种不明说的竞争也隐隐展开——对你好，是为了比你好。好婆婆先发制人，好媳妇只得赶紧跟上；婆婆照顾，媳妇就得体贴；媳妇孝顺，婆婆也得疼惜。原本的初心是真诚自然的，但彼此明着不说，心中蓄意揣测，又要吸引旁人的目光，母亲与妻子的言行便多了戏剧性的复杂，像看不透的猫眼，让他茫然，也让他惧怕。

女人间的积怨在暗中燃烧，相处起来变得越发烫手，身为"儿子"与"丈夫"的他笨拙地夹在中间，仿佛成了裁判，要公平、公正地明辨胜负。有时他装傻，更多时候却是后知后觉，烫伤了还不明所以。

那天，瞥见花花矫捷一跃便从困住的箱中轻易脱身，他才恍然明白，曾几何时，家中自由自在的，只有猫。

委屈，能被吸尽吗?

母亲来了之后，坚持亲自下厨。

"多吃一点，有兴趣我可以教你。我儿子最爱吃我煮的，以后我不在了，就拜托你了。"三人用餐时，她常恳切地对媳妇说。妻子只好安慰自己婆婆手艺好，也就珍惜地当作用自由换取美食。

只是不知为何，母亲总爱在唤他们用餐后，便开始用吸尘器嘈杂地吸一遍屋子，生怕没人看见似的。

他注意到了，妻子当然也注意到了。

妻子终于忍不住，委婉地劝说："妈，一起来吃饭啊! 地板很干净了，不用急着吸。"

"我不饿，你们先吃，这地板都是猫毛，我儿子啊从小就对猫毛过敏，我闲着就吸一吸。"母亲扯开喉咙顶着噪声说。

妻子搁下筷子，疑惑地看着对面的他。他的胃里好像被毛球哽住了。

猫不安地躲进了房间。

那晚，妻子在房里质问他："为什么你没跟我说过你对猫毛过敏?"

"我自己没有印象啊!"他无奈地回答。

"所以是妈故意找猫的麻烦?"妻子更激动地问。

"你别想太多，她只是有点洁癖而已。"除了吸尘器太吵外，他自己真的没想太多。

妻子的愤怒依然无法平息，别过头开始找猫，像她过往需要安慰时那般。"花花呢？花花！"他也跟着探寻房间的角落，心里头还是摸不清妻子的情绪，就像他总找不着那只花猫。

妻子从半掩的衣柜门后抱出了猫，轻声哄着。顿时他也想钻进衣柜里躲起来。

冰冷的隔离

花花还在适应新环境，常抓坏家具和沙发，也好几次突然从阴影里跃出，吓坏了母亲。

其实他母亲也努力在适应这个新成员，但四处飘散的猫毛还有满地散落的猫砂，实在让人难以忍受。她不好意思当面跟媳妇说，便用吸尘器把委屈都吸进看不见的地方。

他试着跟母亲沟通猫毛的事，却换来更多抱怨。

"妈，吃饭时吸真的太吵了，而且养猫就是这样啊！"他觉得自己比猫还脏，母亲受得了他，也应该会受得了猫。

他没搞懂，母亲在意的终究不是猫。

"什么养猫就是这样？养猫就要把猫照顾好、把环境清干净，我有说错吗？她不清，你应该来帮忙清啊！说什么风凉话！"母亲终于藏不住愤怒，如猫突如其来地刮了他的脸一顿。

他很快便放弃了沟通，胡乱地给出了承诺："好啦！你不要再说了，以后我们会把猫关在房间里。"

就像以往面对母亲那样，每当太靠近了喘不过气，他就后退——退到北部念书、退到都市工作、退到看不见母亲愁苦的脸。以前他以为后退就可以自由呼吸，但如今他后退，却撞进了另一个女人的委屈里。

"为什么我的猫只能待在房间里？你知道吗？婚后你不在家，我哪里也不能去，整天困在这个屋子里！现在还要我们只能待在房间？"

"我是说猫，不是说你……"妻子的眼泪让他不知所措地垂下眼睛，花花不知何时靠了过来，倚着妻子的脚。

"妈妈为什么不搬回乡下？结婚前你有说她会搬过来吗？她不搬走，不然我搬走好了！"妻子弯身要抱花花，猫却突然纵身跳开，她错愕了一下，走进浴室将自己锁了起来。他呆坐在床上盯着冰冷的墙。

"那时我突然有种感觉，我妈、太太和我，三个人好像被墙隔了开来，囚困在我们各自的监狱里……"诊间里的他像是背负着沉重的枷锁，无力地对我说着。

当旧的寂寞遇上新的寂寞

就像电视剧里的经典桥段，两个女人的战争从此白热化，而一个男人夹在其间当传声筒。然而，不善沟通的他有如一堵死墙，被双方互掷的炮弹轰得坑坑洼洼。

而且，他心里清楚，许多话是说给他听的。

"你们是有了猫就不打算生孩子了吗？我觉得家里多了一只猫，我却像少了一个儿子！"

"我到底是嫁给谁？我看你只会当乖儿子，准备好当爸爸了吗？"

隔着墙是看不见真实的。母亲不知道妻子流产了几次，妻子也不明白他从不是个乖儿子。每次陷入这种困境，他都不知如何回应。

他心中明白，生命中最重要的这两个女人都各自受着委屈，她们拥有的空间太小了，安全感不够，还要随时害怕自己的家被夺走。

母亲寂寞了一辈子，妻子也正在面对新的寂寞。她们被生命经验里的"失去"吓着了，于是对身边仅有的抓得更紧。最后，他忍不住开始责怪自己。

对他而言，照顾母亲是他的责任，照顾妻子也是他的承诺，两个女人都不可能从他心中抽离。"不要问我谁重要，两种是不同的情感，我真的不知该如何比较。"

如果可以，两人都应该完整地放在他心中；如果他能力够好、房子够大、时间够多、心思够细、如果……

冷战持续。

某天，妻子因娘家有急事，留了字条要他照顾猫便独自赶回北部。他工作忙，没想太多，便请母亲进房帮忙照顾花花。母亲趁这个机会，将他们的房间、浴室彻底整理了一番。

房门被推开后，原本被墙隔开的风暴，剧烈地席卷了整个家。

妻子回来看见房间的东西被移位，连床单都换了，气得再也无法压抑。

"是谁允许那个女人进我房间的！"

"你不应该这样说，是我请妈帮忙的，而且，毕竟这房子是她的。"

"所以她连我的房间都要抢走吗？"

"有时候你也应该想想，你还有猫啊！我妈什么都没有。"

"那除了猫，我还有什么？"

"……"他不知该如何回答。

"原来我真的什么都没有……"妻子绝望地说。

离家时，她什么都没拿，只抱起了猫。

几个小时后，她却突然慌乱地跑了回来，哭着说猫在火车站走失了。他们找了几天毫无下落，小小的房间变得更加空寂。

拉开一些距离，关心才给得出去

家，常有许多难解的沉重，我看着疲惫不堪的他，也感受到了那种难以承担的压迫。往往就是如此，彼此靠得太近，再坚固的墙也抵挡不了。

我试着安慰他，减少他的自责，让他明白这一切并不全然是他造成的，也不是他可以掌握的。自责改变不了什么，也找不出他所需要的"空间"。

"该怎么做呢？"他问。

"我也不确定，但我确定的是这两个女人都爱着你。或许是你以前逃离你母亲逃得太远了，如果你能让她知道你对她的关心，让她安心，空间就能慢慢释放出来了。"

"真羡慕猫，心情不好时躲起来不理人就好，不会说话，也没人要你说话。就算嫌弃你，还是心甘情愿地疼你。"他叹了口气说。

"哈哈！那等花花找回来，你再好好请教它。"

关系修复的开始

他们没提，是母亲自己发现屋里少了猫叫声而问起。

从小到大，这还是他第一次主动跟母亲多聊了一些心里话——关于妻子对猫不见了的失落，还有他们几次小产的哀伤。

母亲眼眶一红，不舍地说："唉！你们都没讲。其实我在怀你之前也落胎好几次，我懂那种感受。她最近一定很难受……"

没想到几天之后，母亲竟将花花抱了回来！她说猫很聪明，一定往有吃的地方跑，她就到附近的菜市场拜托认识的摊贩一起找，没几天就找到了。

"你太太有没有很惊讶？"我问。

"有啊！花花竟然乖乖地让我妈抱回来了！我太太哭着跟我妈说谢谢，还说了一堆对不起的话。我妈抱着安慰她，跟她说，看她这么爱猫，就知道她也会很爱我。我在旁边傻眼，这些话我都说不出来。"

"所以是猫救了你？"我笑问。

"我以后会对它好一点的。"他如释重负地笑着。

♡ 爱的领悟

一旦靠太近，什么都被碰伤或磨损，不小心就跨了界，结果给予变成索求，付出都变成入侵。

如果能拉开一些距离、保留一些空间，关心才给得出去，爱也才能被看见、被保存。

寄居蟹男人

他追寻的是一份爱的安全感

能找到寄居蟹的海滩很少了，因为要找到壳栖身是越来越难了。

我曾见过它脆弱的模样，那是一个生命最完整而真实的模样。

小时候，曾趁寄居蟹松懈探出壳时，捏住它的上身想将它扯出，不料，小小的寄居蟹硬是牢牢地钩着壳，始终顽强地不愿与壳分离。我的邪恶也顽强，索性拿石头将壳敲碎，残忍地毁了它的屋。受惊吓的寄居蟹缩进深处，但屋子毁了，怎么后退也无处躲藏，它柔软脆弱的腹部露了出来，我这才看清，原来寄居蟹隐藏的腹部末端有根倒钩，借以抓紧壳的深处。

或许正是因为脆弱，所以才展现了顽强的力量。

如同我所遇见的他。

♡ 向前一步，更贴近彼此

因为怕被心爱的人推开

"我觉得自己像一只找不到壳的寄居蟹……"他的语气透着不安与脆弱。

这阵子，他对于"找壳"的事很苦恼，因为岳父要他搬出去，话说得难听：该长大了，别再寄居在别人家里。

还在襁褓时，父母离异，他是爷爷奶奶带大的。但老人家在他念大学时相继过世，从此他觉得自己再没亲人，直到妻子走近身边，给了他亲人般的温暖。

毕业典礼的照片中，他没有家人，只有当时还是女友的妻子以及她的父母。女友带着甜甜的笑紧紧依偎着他，但她父亲的脸却仿佛压抑着不悦，不情愿地挤出苦笑。

"就连我们结婚时的合照也是如此。"提及往事，他不禁也露出一抹苦笑。

岳父是一位成功的企业家，高大、威严，同时也是强悍的丈夫和父亲。无论是公司还是家里，凡事都须经岳父首肯及安排，没有人可以逃脱掌控，除了一直备受呵护的独生女。

岳父将女儿捧在手心上宠爱，却不敢用力，仿佛一不小心就会将她弄伤。

其实这脆弱不是女儿的，而是做父亲的将自己内心的脆弱全部投射到了女儿身上。

传统的大男人经常如此：顶着硬邦邦的外壳，不懂如何温柔地靠近心爱的人，只好保持着距离，生怕一不小心便害对方受了伤。

于是，做父亲的几乎未曾拒绝过女儿的要求，好像一旦拒绝了，自己就会被推开。顺女儿的意，答应男朋友的存在、答应参加毕业典礼、答应合照……直到"结婚"这件事，他看得出岳父再也笑不出来，迟迟无法点头，手也不知不觉握得更紧。

岳父担忧像他这样从小缺少爱的人，要怎么给出爱？更现实的是，这个一无所有的男人，要怎么给自己的宝贝女儿一个遮风避雨的家？

"要怎么让我岳父明白呢？我真的很爱她！就算我一无所有，我也会掏空自己去爱她……"

他的确渴望爱，但也不吝于给予爱。只不过，用掏空的方式去爱，他爱得毫无信心，爱得卑微而疲惫。

但妻子终究坚持着她的选择。

岳父掌控不住女儿，只能想办法将女婿紧抓在手心里。他听话地辞去了原本的工作，到岳父的公司里从头做起，并且跟妻子住在娘家。而结婚除了一张合照外，不可告人般的，什么也没有。

岳父霸道地替婚后的女儿准备了一座城堡，将女儿与他一同软禁，而城里唯一的国王仍是岳父。

创伤与自卑，扭曲了对"家"的想象

过去的创伤与自卑，让他对"家"的想象扭曲了。对他而言，家像是一种易碎的奢侈品，他强烈地渴望，却又强烈地觉得不真实，好似自己没有能力去保护，也不配拥有一个稳定的家。

所以当有人愿意给他一个家时，他一点犹豫也不敢有，只怕没抓紧就永远溜走了。

"所有条件我都可以答应，只要我太太愿意，我也愿代她去承担岳父所有的愤怒！医师，你能了解吗？"他说得绝望却坚定。

婚后，他终于有了可以遮风避雨的壳。但"家"依然是抽象的，不属于自己，他必须不断牺牲、缩小，放弃自己的需求，才能安稳地待在壳里。

他在公司挂名经理，实际上却只是岳父的司机兼高级秘书。岳父一开始就当面对他说过："你现在还只是我的司机，不是我的女婿。"

他随传随到，撑伞、洗车、跑腿，成天跟在岳父后头捡拾琐事，还有阴晴不定的情绪。公司的员工常在他背后讪笑，有人还会故意揶揄："经理，怎么有空自己洗车？"

他没将这些告诉妻子，全都无声地承担下来。他以为这样的爱，是留在妻子身旁的唯一方式。

"你不要觉得委屈，我当年也是一无所有，这个家是我一砖一瓦亲手砌起来的。"躺在后座的岳父像只饱食后的雄狮，用警告的语气宣示地位。

他直视前方，不敢从后视镜看岳父，脖子上的领带束得更紧了："爸，我知道，我很感谢您给我这个机会。"

"没磨过，怎么知道你是不是这个料？要配得上我女儿的男人，不是那么简单。"

他心里有数，家里头只能有一个男人，而在岳父眼里，他还不算是个男人。

"轻视"与"被轻视"是不断催化的循环

忍受轻视像是被狮子一口一口撕咬，但矛盾的是，他也轻视着自己。"轻视"与"被轻视"就像是一种不断催化的循环：他低着头来到傲然睥睨的岳父面前，岳父辨识出那份自卑，而他也接受了迎面而来的轻蔑。无形中，所有的言语姿态，都在让这样的认同加速蔓延生根，凝固定型。

他更自卑，而岳父更骄傲蛮横。

他的话越来越少，笑容越来越僵硬，身体也缩得越来越小。绑在岳父身旁的时间比陪伴妻子还多，每次见到妻子寂寞的眼神，他都觉得亏欠且自责。

"我怎么还有资格抱怨？那时为了嫁给我，我太太牺牲太多了。没有白纱、没有婚宴，她甚至连爸爸的祝福都没有！是我配不上她啊，太委屈她了……这一切都是我自己造成的，与我岳父无关。"他低着头说。

所以，他只能继续牺牲、忍耐，才能挖空自己，给出更多的爱。

直到，妻子怀孕了。

岳父没有任何表示，家里的气氛变得紧绷，仿佛某种默契或平衡被破坏了。

没有家的男人

有一天，岳父喝醉了，摇摇晃晃走出酒店门口就吐了，他赶紧上前搀扶，忍不住劝说："爸，以后别喝那么多了。"

岳父恨恨地抬头瞪他："什么时候轮到你来管我？"

他没多想便回："我不敢管您，我只是想说您都要当外公了，要好好照顾身体。"

"啪！"岳父冷不防甩了他一巴掌，涨红着脸大骂："你说什么？外公？我还没说我孙子要跟你姓！"

他反射地推开岳父，脱口而出："那是我的孩子，不归你管！"他第一次像个男人地反抗。

岳父被他的愤怒吓到，愣了一会儿才冷冷地笑："有气魄，明天不用来公司了，还有，赶快给我滚出我家！"

岳父转身招了出租车就走。

那天晚上，他开着车游荡了一夜，不敢回家。

他也没有家。

失去爱的恐惧，他无处倾诉

去哪里找壳呢？

他买不起房子，租金又贵，何况除了寻找新的住处，他也得重新找工作。

他茫然无措，像是被我用石头敲碎壳的寄居蟹。

产检的时候，妻子看着超音波屏幕上的微小光点开始搏动，望着他露出了幸福的笑容。

但他却开始害怕，没了遮风避雨的壳，幸福微光仿佛随时都会熄灭。

这些恐惧，他不敢跟任何人说。

婆媳纷争说出去，多少还会有人叹息抱屈，但翁婿间的委屈恐怕只会引来嘲笑，说是他自己不争气，得了便宜还卖乖。

社会的目光嵌着锐利的偏见，男人被赋予权力，也被要求拥有权力。战败的狮子、羽毛暗淡的孔雀或抢夺不到壳的寄居蟹，就只能乖乖认输退场，才不会继续被咬得遍体鳞伤。

因此，他只能来到诊间跟我说。

倾听妻子的声音

但我在耳畔的历历述说中，听见了岳父的怒吼，也听见了他的哀号，却几乎听不到妻子的声音。

他爱的那个人好像不够真实。他不断给出爱，却仿佛看不清她。某些方面，他单向的爱似乎跟岳父一样霸道。

婚姻总是因各自的原生家庭而变得复杂。累世的风雨、纷杂的耳语，让我们遗忘了最初也是最根本的联结，还是在于"夫妻之间"。爱始于此，力量也生于此。因此，所有的困难，都要试着回到彼此的陪伴与爱里来沟通、面对，独自面对伤口是难以痊愈的。

所以，重要的不是跟我说，也不是听我怎么说……

"妻子会怎么说呢？"我问。

我请他转身面对妻子，倾听妻子的声音，他才不会继续陷在自己扭曲的想象与耗竭的爱里。

缺憾，使人遗忘了事物的本质

我们常因曾有的缺憾，而对某些事物过度在乎，却遗忘了它的本质。也因曾被剥夺，而在某些事物面前显得过度渺小，好似这种剥夺是应该的、注定的，是源自我们自身的过错与命运。

但是，没有人是注定不能拥有什么的。

他误解了家的本质，不相信即使一无所有，也值得被爱。为了维系一个表面的家，他用罪恶感驱使自己、以牺牲来定义爱，但空壳终究易碎，一味给予的爱也耗竭殆尽。家不是只有一个人的。

其实，"爱"才是家的基础。家不像寄居蟹的壳，并非一个可以具体触摸到、放在手心称重的东西。家，是一种安全的归属感，是家人间的爱意凝聚、滋长的地方，条件无法交换，物质也不能定义。

"如果你一无所有，你老婆为什么要嫁给你？"我问。

"我不知道。"他摇摇头。

"相信我，你老婆知道。"

我真的相信，因为他是那么的一无所有。

我真的相信，相信他的妻子，也相信他。

关系修复的开始

妻子先跟他提要搬出去的事，她脸上的泪水已拭去，但刚哭过的眼睛仍是肿的。

"为什么要嫁给我呢？"他不舍地问。

"因为你很温柔、尽责，你给了我家的感觉。"妻子一个字一个字，说得坚定。

"你不是已经有一个完美的家了？"

"那是我出生和养育我的家，但不是'我们'的家。"

"家的感觉是什么？"他问。

"我可以相信你的爱。"她说。

"你怎么能确定？"他低下头，颤抖着啜泣。

"你为我做了什么，我都知道……"

他们拥在一起，还有肚里的孩子。

💠 爱的领悟

因为失去，所以珍惜。最在乎的，也必然是我们会尽全力守护的。

或许就像寄居蟹尾部的倒钩，脆弱里头的坚韧才是真正的力量，那是对家的爱，剥夺不了的爱。

嗜甜的男人

外遇成习，只因他不成熟的自恋

"我有外遇了。"

第一次在诊间见面，未等我开口，他便深锁着眉头坦承了一切。

那坦承充满了苦恼，却不卑弱，反而展露了自信，仿佛还拥有力量掌控一切，只是矛盾与迷惘让他不知该往哪个方向施力。

他是咖啡店老板，瘦高的身形搭配白净的 T 恤、深黑色牛仔裤，戴着黑圆胶框眼镜，还蓄了点山羊胡，一副以诗佐咖啡的文青样貌。

他继续缓缓说着他的故事，像是聚光灯下的独白，要所有人都安静地听着。

结婚十年了，四十岁的他，已是两个小孩的父亲，但那躯体与眼神依然充满魅力，仿佛可以违逆时间和地心引力，让人飞起。

他也的确让许多人飞进了一段段踏不着地的关系里。

💗 向前一步，更贴近彼此

不断重复的外遇

五年前，他毅然辞去迟迟无法晋升的大学讲师工作，投入了咖啡店的梦想。

一开始，只是巷弄内一间容纳四五人、小小窗台似的店铺，但凭借他的自信、热情与魅力，很快栖满了闻香而来的人群。

咖啡店的名字，叫"遇见"。

"其实不是遇见，是你必然将被香气吸引而来，那是预见，是宿命，是这美好的咖啡注定要被品尝，而我注定要为美好的你献上这杯咖啡。"

他总是这样对人说，用征服的笑容，不容辩驳的语气。

孩子大了些后，他说服妻子一同投入咖啡店，他们搬到更大的店铺，遇见了更多的人。然而好一阵子，咖啡香气的散播似乎到了极限，店里的生意稳定，却没有成长。

妻子觉得这样就足够了，与丈夫共同成就小小的梦想就足够满足了，但稳定对他而言却是停滞，令他感到失落又烦躁。

"我要离开一阵子，去南部找更好的咖啡豆。"毫无商量的余地，他便如此片面地告知妻子。

"为什么？这么突然……你都没说……"突然被抛下的妻子，

充满了错愕与伤心。

"说了你也不会懂。"他不耐烦地不想多做解释。

"对！我就是不懂！"

妻子因无法理解丈夫而不安，他也愤怒地指责妻子无法理解他的理想与苦心，永远只有反对与阻挡。争吵比当初他要离开教职更剧烈，最后如往常一样，妻子躲进了沉默里，而他也继续一意孤行。

店里，他的气味逐渐淡了，只有电话那头传来他遥远的声音，还有包裹寄来的"更好的"咖啡豆。妻子被迫成了孤独的主人，每天继续遇见来去的客人，却遇不见丈夫。

然而，他却遇见了妻子之外的女人。

"她是咖啡农场老板的女儿。第一眼看到她美丽的眼睛我就沦陷了，那种感觉，躲都躲不掉……"那正是他所渴望的，也唯有他才可以占有的眼睛。

她对咖啡的热情与知性深深吸引了他，而她也以崇拜又迷恋的眼神回赠他。他们因咖啡而相遇，也因对咖啡同样的着迷而相信彼此的遇见是命定且迟来的。

"其实，这不是我第一次外遇……"他用感伤的语气说，而不是愧疚。

难以戒除的瘾

"外遇"，一个美丽的巧称，仿若家门外一段漫不经心的相遇，这种偶然与巧合，让人想起电影《迷失东京》（*Lost in Translation*）里两具寂寞灵魂的纯真巧遇，连最后那意味深长的拥抱与吻别，都洁净得令人同情。

其实，英文片名里没有爱情，只有"失落"（lost）。那失落是什么？是未竟的爱情？迷失的自我？还是无尽的、永不满足的孤单与欲求？

外遇实现了欲望的交融和满足，也满足了不安定灵魂的渴求。意外的邂逅从不是"意外"，小小的诱惑只是轻敲了门，给了一直想夺门而出的欲望一个暗号与理由。

所以，欲望的冲动、自恋的不满足，还有对于"爱"华丽却贫乏的想象，让外遇成了一种习惯，一种难以戒除的瘾。

就像重演的剧本，每当生活遇见"瓶颈"，他与妻子的关系就会陷入紧绷。他将所有的失意都丢入了婚姻里，若妻子不能安抚他的情绪、顺应他的需求，他便会控诉她的冷漠与背弃，然后向外寻求满足。

"你真的爱我吗？如果你爱我，就应该明白我的痛苦，应该支持我的决定啊！"

在大学升迁受阻时便是如此，那时他与他的学生外遇。

刚开咖啡店的时候也是，妻子甚至不清楚他外遇的对象是谁。

而最终妻子都原谅了他，但她总替丈夫担忧着，因为爱、因为牵挂，而无法像个无知的小女孩无忧无虑地仰望着他。

"我太太说，她不明白为什么已经原谅我那么多次了，我却还是那么自私。我也不明白啊……一次一次我都带着诚意回去了，为什么她对我还是那么疏远？"

十年的婚姻像一只反复碎裂的杯子，只靠妻子用原谅拼回，裂缝依旧，什么也装不了。妻子心中有伤，而他心中有空洞。两人就像"黑咖啡"，既看不透彼此，也难以轻易入口。

想象的爱恋终究不敌现实，农场主女儿给予的爱很快就不能满足他。他再一次回来了，用他一贯的真诚向妻子道歉、坦承。

妻子又为他打开了门，但这一回没打开心，她待在深不可测的沉默里，甚至连一滴眼泪也没在他面前流。

所以他才苦恼地出现在我诊间，因为妻子的原谅太过冷淡，稀释了他的存在感，也带给他困惑。

"医师，你帮我开个安眠药就好，让我好好睡一觉，我人都回来了，也都坦承、道歉了，我想事情会过去的。"他依旧没想要改变什么，对于惯常的外遇，或是那个看不透的自己。

"但……过去了，或许还会再来啊……"我试着提醒他。

"再来，就再说吧！"他用一种坚定的笑容切断了谈话，一种不容置喙的笑容。

道歉很容易，要认清自己终究很难啊。

自恋的男人

其实，他的言行与姿态透露了强烈的"自恋"——他渴求被爱，却只能"爱自己"。他不断在寻找关系，却没能跟人维持稳定的关系。而自恋的他一直以"自我为中心"的想法在保护自己、溺爱自己。

他自觉尽力了，但在妻子眼中始终没被看见、没被肯定，也没能被爱。爱情不该是这个样子的，没有热、没有甜，像冷掉的黑咖啡！

生活的压力、妻子的冷淡、灵魂的孤寂，还有种种看似无辜又无能为力的理由，总让他不由得又生起对爱情的甜美想象，于是他纵容自己、原谅自己，外遇纵然有错，但也是情非得已的宣泄、抗议与逃脱。

"我只是忠于自己，应该改变的是我太太才对。"我想起另一个男人这样说过。

自恋的人，总是把自己与自己的需求过度美化。美得像糖，甜得可以覆盖任何的苦、满足任何空虚。

"爱"其实是很复杂的，除了性与浪漫之外，有些部分像是友情，有些部分则像是亲情。真实的爱，应如一杯纯粹的黑咖啡，毫不华丽，却有丰富的层次，带着香气、苦、酸与淡淡的甘甜。

他贪恋的"浪漫爱"像是爱里的糖，带来了瞬间的满足，却也导致更深的不满足。而这正是未能成熟的自恋，让爱里其他的味道被忽略了，只有糖能满足他的瘾。

自体心理学家海恩兹·柯胡特（Heinz Kohut）认为，人的一生为了满足自恋的需求，总在寻找三种客体（他人）：镜映、理想化、双生。"镜映"即能像镜子反映出自己，时时关注、响应并全然理解自己的人。"理想化"是完美并能因此证明自己价值的人。"双生"则是与自己相似、契合，足以化解灵魂孤寂的人。

在婚姻的现实中，妻子不再如恋人般时时投以温柔目光、不再完美，也不再如复制的影子般跟随。于是镜子碎裂了，理想幻灭了，男人陷入孤寂，看不见自己被爱的样子，也感受不到自己的存在。

而外遇的美好，不正是填补了这样的失落？

热恋中的眼神是最温柔而专注的，外遇关系也很容易被理想化，仿佛是最珍爱、最完美的恋人，因此超越了誓言也说服了罪恶感。关系中的恋人必然是与自己相似的，才愿意冒险逃脱束缚，享受外遇的快感。

但持续向外在索求这样的满足终究要落空。而成熟，便是能明白并接受这样的挫折，学着从内在抚慰且安定自己，内化那样的满足。

爱的成熟，亦是如此。

真实的妻子是平凡的、独立的，会疲倦，有着自己的美丽与哀伤。无论她如何给予爱，也不可能彻底满足对方自恋的想象与需求。

然而，这些需求是不可能全然被放弃的，它们还是会存在，触动着我们向他人探索的欲望，维系着我们有些幼稚的自尊，如淡淡的甜，在苦与酸之中，隐微地带来满足。

成熟的自体能适应现实、调整自恋，在"爱人"与"爱自己"之间找到平衡，如此才能与他人维系稳定的关系。即使不是二十四小时被注视着，也能够感受被爱，就像镜子模糊时，也能够看见自己。即使完美并不存在、即使歧异总是发生，但彼此的努力、尊重、沟通与包容能让两人间的关系足够美丽，体验相异带来的惊喜与丰富，而不致渐行渐远。

不断陷入外遇的他，仿佛仍停留在全然自恋里的孩子，迷恋着糖，迷恋着甜美的浪漫。

我不禁想象，如果他能收回一些自恋，给出一些爱，妻子或许不会那么受挫、疲惫，也就能再生出一些爱响应给他，满足他自恋背后的脆弱自尊。那么两人彼此的失落与孤单，或许就能少些。

沉静下来，才能尝到真正的甜

没有几个月，讨不到爱的他又跟农场主女儿死灰复燃，这次还帮她在山上开了间咖啡店。但时间很快就将热恋的甜度冲淡，女孩与沉默的妻子不同，嘶吼着将他赶了出去。

这次再回到咖啡店，他发现妻子的冷漠里多了坚决。而咖啡店也仿佛是妻子独有的，大家唤她"老板"而非老板娘，她也热情又满足地回应。他成了多余的过客。

打烊后，妻子端上一杯溢满果香的黑咖啡。他啜了一口，各种味道如海潮一层层拍打上来，丰富而宁静。

曾几何时，妻子泡的咖啡竟有了这么令人满足的味道！他带着疑惑望向妻子。

"这杯咖啡叫'回味'。"

妻子的眼里却没有任何疑惑。

"其实也没什么特别的，这是我们刚开店就用的咖啡豆，我只是用你当初教我的方式烘焙、冲泡，是你自己忘了，太久没喝我泡的咖啡。"

妻子停顿了一下，继续说：

"这是最后一杯了，不过也无所谓了，反正你喝完了很快又会忘掉，就像以前那样……但我不会再忘了。"

味道停留在嘴里，他想起过去那些艰难的日子：孩子出世，职场斗争，薪水微薄，举债开了咖啡店，与妻子争吵又复合……各种酸苦一一浮现，最后是藏在底下，要沉静下来才能尝到的甜。但来不及了。

关系修复的开始

最后一次来诊间，他自嘲说："我太太跟我提离婚了，呵呵，我的努力还是不够啊！"

妻子想走出这段虚假的婚姻，去面对现实了。那他呢？

我想，他会继续去寻找爱情吧，但如果他持续追逐着那些自恋的想象，无法回到现实，那他将永远无法领悟什么是真实的爱，也将永远无法从中获得满足。

他永远只是个迷恋糖果的男孩，在不断循环的想象与失落中，被单一的味道囚禁。

爱的领悟

苦，是成熟的滋味，但咖啡不是只有苦，黑色的汁液里，还有更多复杂、细腻、丰富的滋味。

而成熟，也不是只有苦，而是能领略其他那些难以言喻的滋味。于是，糖变成多余的了。

木炭男人

他以为燃烧自己是爱，却没有自信的光芒

失恋是痛苦的，尤其是对于那些用爱情来定义生命的人。即使未曾开始便结束的单恋也是。

我们很难不用"被爱"或"被喜欢"来肯定自己的价值。那些眼神就像阳光照射在我们身上，将我们从孤独的黑暗中拯救出来；就像温柔暖和的棉花将我们填满，使我们不再空虚，不再像一具没人要的填充娃娃。

存在主义大师罗洛·梅在《爱与意志》一书中说："爱恋让我们暂时克服了孤独的状态，提供了对自我的确认，也丰富了我们自身。"是啊！有什么能比从自己倾慕的人身上获得一眼关爱更耀眼、更饱满？那一眼，仿佛独占了所有的光芒，给予了所有的重量，一旦失去，世界又是一片黑暗阒寂，飘浮无依。

可以想象，倘若自己无法绽放光芒，将会有多么渴求依赖爱情啊！但这样的依赖恐怕太脆弱了，一旦爱情落空，唯一的光熄灭，世界便陷入绝望的黑暗之中。

"你希望我留下吗？"就像他始终没有信心回答这个问题，他觉得自己的幸福光芒永远熄灭了。

向前一步，更贴近彼此

搜集"好人卡"的男孩

严格来说，他从未进入一段相互认可、彼此流动的爱恋关系里。一直以来，他都只是一个最可靠也最亲近的陪伴者，单向地给出他的爱，即使对方从未收下。

他贴心、细腻又温柔，女孩们很难不喜欢他，但那仅止于"朋友"的喜欢。他们一同吃饭、出游、看电影，如情侣般生活，但没有爱情。他也没办法不喜欢这些女孩，一旦靠近，就会被爱情的想象掳获而愿意无声陪伴、无尽等待。只要女孩温柔地笑，他的希望便能在熄灭后又亮起，如星光掠过眼前。

他总以为付出更多的爱，让自己更好、更温柔，就能留住女孩眼里的光。

于是他安静地聆听、陪伴。她们可以安心地在他面前喝醉、哭泣，将内心的秘密寄放在他心里，将最深的伤痕都在他面前摊开，裸露出来。

　　他很容易就能明白这些伤心。或许是因为善感，也或许是因为他内心里也藏着类似的伤痕，被忽略、被拒绝、被误会、被远远抛弃……他是如此熟悉，听着也觉得感同身受。

　　就像木炭，他在女孩身边无声燃烧着，慢慢将泪水烘干，把皱巴巴的心抚平，再还给她们，然后静静地继续待在那个最值得信任的"朋友"位置，什么也不敢多拿。然后总是什么也没等到、什么也没拿回来，光越离越远，越来越细微短暂……

　　从高中到大学，一次又一次，他始终都还是那个被喜爱的"朋友"，但渐渐与她们的灿烂爱情无关，只有伤心时，留在黑暗里的他才会被想起。这反复的模式像一再重演的剧本：幕起时他是不变的男主角，最后却成为配角，早早谢幕离场。而每个女孩总会衷心地感谢他：

　　"谢谢你，让我知道我可以拥有幸福。"

　　"有你这样关心我，我会努力珍惜一切的。"

　　"你真的很好，真的！"

　　他在冬天寒冷时燃烧自己，送来温暖，而雪融了，女孩便独自去寻找春天，在别人的爱恋里绽放。

　　"什么暖男？不就只是块木炭吗？"他自嘲地说。燃烧后的余烬，一点光芒也没有。

感情的礼物要如何拆封?

但这次有些不一样——这不是他第一回失恋，却是他最接近恋爱的一次。

她是日本来的交换学生，父亲是中国台湾人，母亲是日本人。初来乍到，人生地不熟，他成为负责照顾她的学长。

女孩皮肤白皙，容易脸红，说着有腔调的中文更显可爱。他细心地陪伴并接送她，带她熟悉校园、城市，还有他心中收藏的美丽。不知不觉，他又开始燃烧自己，掉入爱恋的想象里。

或许是日本女孩特有的温柔，她每天为他准备便当，亲手写可爱的字条感谢。这只是礼貌吗? 还是回应呢?

他们越靠越近，他为她准备了专属的安全帽，骑车时总小心地闪避地上的坑洼，女孩在后座轻轻搂住他的腰，有时偷藏一些巧克力在他口袋里。

日子很快就到了尽头，女孩该回日本了。

"你希望我留下吗?"后座的女孩问他。

第一次有人这么问，他却不敢开口，像一份贵重的礼物让他不敢收下拆封。

"我不知道，我希望你快乐就好。"他闪过积水，怕溅湿女孩的脚，继续往黑夜里骑去。女孩没再开口。

离开前，女孩留了封信给他。

谢谢你，在台湾的日子很快乐。你是一个很好的人，给了我很多温暖，陪我度过最寂寞的时刻。我必须承认，我真的喜欢上你了。可是，对不起，我一直等不到阳光……你很温柔，却也很忧伤，我总觉得你还没准备好要让我留下，所以我只好离开。

或许是我还不够好，不能让你快乐吧。我不知道，但如果我们不能彼此都感到幸福，那就还不是爱情吧？

记得照顾好你自己，希望有一天，我能看见你脸上的光芒。你说你希望我快乐，那么对我来说，这将会是一件很重要的事情哦！

离开台湾的时候还在下着雨，让我又想起你，但雨过总会天晴的。

女孩终究还是按照剧本演出，离开了他，但他不明白，其实一部分的剧本是他自己撰写的。他想象爱恋，也想象失去，想象自己"只能"是一块木炭。而这一次，幸福如此靠近，他却还是无法掌握，这加深了他的想象，认为自己永远留不住幸福了。

女孩们都要阳光男孩，而他只是木炭男孩。阳光闪耀得被仰望，给予花朵缤纷色彩，但木炭只有黑漆漆的温暖，靠太近，还会染上一层黑。

在关系中，练习为自己发光

"你怎么会想要过来？"我问。

"她希望我能够快乐……"他低声地说。

"那你呢？"

如果不是为了自己，那终究也只是剧本里的讨好。因为害怕失去，于是不断地讨好，但依然不相信自己能够拥有，最终仍免不了失去。

"她们抱怨那些男生自私自大，但真正爱上的还不是那些男生，真傻！"他小心翼翼地抱怨着。

我想，怪罪那些女孩是没有意义的，每个人对爱情的定义不同，对关系的界定也不同，是他一直躲在自己的想象里，用讨好去伪装爱恋里的付出，而对现实视而不见。等到真实的爱情靠近了，他却继续躲在想象里，扮演木炭。

"木炭"是他创造的角色，只有他自己能够改写剧本，让他从同样的情节与同样的伤里逃脱出来。

"那你喜欢怎样的女生呢？"

他沉默很久，给了一个模糊的答案："温柔。"

其实他没问过自己。

他喜欢过各式各样的女孩，但只是那种"被需要"的感觉让他以为是喜欢。他可以将自己放入任何形状的容器里，以为填满了就能够被保留。

这种爱人的方式，跟那些过度自恋的男孩一样，都是自私的。"不接纳给予"与"不允许索求"同样都令人窒息。

"在爱恋关系中，接纳的能力亦是重要的。倘若我们不懂得接受，我们的给予对于伴侣而言，将有如一种操控。反之，若我们无法给予，不断地接纳只会让自己逐渐空虚。"罗洛·梅这么说。

不断地顺服、讨好是空虚荒芜的，像一个黑洞，把所有的光与养分都毫不留情地吞噬，却依然沉寂、干枯。

虽然看起来像是"给"，其实却是"讨"。无止境的深渊可以倾倒悲伤，但快乐也被取尽了，这样相处久了，自然让人疲倦、挫折得想逃。

"所以，你喜欢怎样的女生呢？"我又问。

"懂我的女生吧。"

"你不说，别人怎么会懂？就像没有光芒，要怎么在黑暗中被寻着呢？"我又问。

"要怎样才能有光芒？"

"当你需要你自己，就能为自己发光了吧！"

关系修复的开始

我们要先成为独立的个体，才能够去爱人，因为滋养自己，才能彼此滋养；稳固自己，才能彼此依靠。

自卑的人放弃需求，自恋的人则只在乎自己的需求，两者都不是成熟的独立。

真正成熟的独立也代表了成熟的依赖，是能看见自己的需求、表达需求，同时又能理解需求终无法完全被满足，愿意接纳这个现实，而不会因此否定自我。

将"被需要"当作唯一的需要，是一种无法独立的依附。自我是空的，如何能被依靠？而给出去的，也必然是没有生命、没有光的。

爱一个没有需求又没有自我的人，就像是爱一个消失的人，没有目标也没有响应，宛如走在死寂的黑暗里，是极其孤独的。

"你希望我留下吗？"女孩其实释放了光，在等待另一束光的回应。流动的光，才是有生命的爱。

我们真正渴求的是一个不同于自身的独立个体，神秘丰富，等待我们去接近探索。而爱是一种被共同创造且拥有的联结，让我们彼此交融而不被吞噬，因此拓展了自我，并安顿了自我。

我会想象那是一段"相伴"的旅程。我们踏着各自的步伐，却因多了彼此的存在而有所不同，我们相互分享所见所感，有期盼与响应，也有需求和满足，爱在其中流动生息着。旅途中，对望的眼里能闪烁光芒，即使走入黑暗也不会遗失对方。而最终在既是共享也是私藏的记忆里，总有双发光的眼凝视着，那便是你我存在的证据。

♡ 爱的领悟

深海鱼的光是为了捕食，萤火虫的光是为了求偶。或许，太阳的光也从来不是为了照耀谁，只是为了成为太阳，成为自己。

感情里重要的，或许不是谁照耀着谁，而是彼此的凝视间有足够的光。

让我能看见你，能够爱你。

空气男人

他学不会表达自我，只能沉默顺服

远远地发现走道上躺着一个白色的东西，走近一看，原来是一只空药袋，似乎出诊间不久就被抛下了。竟然像丢开炸弹似的急着与自己的药袋切割，这到底是怎样的焦躁或恐惧？

　　恰巧，药袋上的名字我认得，我仿佛看见他既厌恶又慌张地左顾右盼，然后装作浑然不觉，让药袋从手中溜走。

　　的确，对许多人来说，精神科是一个必须被遗忘的地方，最好连证据都要毁灭，所以他仓皇逃离现场，想忘得一干二净。

　　但我没遗忘他，捡起了那只空药袋。

向前一步，更贴近彼此

"自己"在哪里？

他说话声音小小的，态度客气到有点唯唯诺诺，驼着背撑不挺身上的西装，头发跟皮鞋油亮，但没有光芒。无论我问什么，他都只是频频点头，但不算真正在响应……怎么说呢？更像是习惯性地应声。

"怎样的问题呢？"我问。

"呃……睡不好……"他说。

"大约多久了？"

"呃……多久呢？"他小声重复着我的问题，却一直不回答。

"比如，大约一个月？"我等不到响应，忍不住给了提示。

"嗯嗯……"他马上点了点头。

"还是更久？"我带着疑惑继续问。

"嗯，更久……"他又点了点头。

"所以，你自己的感觉是大约多久呢？"我只好停下来等他，让他带领我走近问题，而不是跟着我跑，一起迷路。

一路如此，走走停停。我必须反复询问，甚至清楚地提高音量，他才会惊醒过来走几步，但他依然不知自己身在何处，接下来要往何处去。后来我才明白，他从诊间、家里到人生皆是如此。

不是找不到自己，就是完全没有自己。

放弃了声音的人偶

"你觉得是什么原因导致的失眠呢？"

我换一个"填空题"，继续尝试。我们一向用开放性问句去探询，是因为我们希望能让个案主动发声，陈述他心中的问题，而不是我们自以为的疑问。

他眼神飘移，同时不安地点着头，不像在思考回答，反而期待着我给出指标。他希望我给他选择题，甚至是非题就好。

他陷入了沉默，而这沉默正诉说着焦虑——是说不出口或者无话可说吧？我想。

"嗯……我的态度问题。"突然，他给了答案。

"怎么说？"我讶异地问。

"我老婆说的。"

"老婆说的？"

"我老婆说我态度不对，面对压力只想逃避，抗压性不足，所以才会自寻烦恼而睡不着。"他低头如犯错的孩子。

"那你自己怎么想呢？"

"应该也是这样……"他由衷地认错。

我看着他，像一具被操控的腹语人偶。他到底是怎么慢慢放弃了自己的声音的呢？

唯一的想法是"顺服"

外表不大像，但其实他是个保险业务员。

他最早是学餐饮的，当初跟着邻居大哥去厨师学校，尽管舌头不灵敏、刀功不利落又没特色，但照着食谱做菜，一路上规规矩矩的倒也没出过差错。毕业后便直接进了饭店工作，待人客气、做事配合，永远没有杂音，虽然一直是个小厨，他也没啥怨言。

他的温和、体贴吸引了当时在同一家饭店当服务生的她，没多久两人就在一起了。

"我们是不是该结婚了？"她问，而他顺着她的意思，没意见。

"我想，我们不要那么快生小孩，先把事业稳定再说。"妻子在婚后这么说，他也没意见。

在妻子的鼓励下，他四处应征帮厨、大厨的工作，几乎石沉大海。有次终于有面试的机会，经理问他拿手菜是什么，他支吾了半天，反问经理想吃什么。经理摇了摇头，跟他说："我想吃的是'想法'。"

他停滞在小厨的层级，反而是妻子闯入保险业，业绩扶摇直上。或许是因为妻子的活跃，他逐渐感受到压力，以往那种自在的舒适感消失了。

"我告诉你，一直停滞不前会让人失去斗志。你去考个证，跟我一起卖保险吧！"妻子劝说他，他一如往常地没意见。

他很努力地想跟上妻子，但无论他怎么照着做，还是远远落后于妻子。最后妻子只好分一些业绩给他，重要的事太太决定，其他琐碎的服务才由他负责。

"你都怎么跟客户介绍？"我好奇地问。

"呃……要用积极的态度面对风险。"

"积极的态度？"

"就是不逃避、不忽视，反而走在它的前头。风险是关于未来的事，而保险就是比未来更前头的事。"他说得算流畅，但依然很小声，丝毫没有撼动未来的力量，遑论可以说服人的自信。

依赖的孩子与严厉的母亲

虽然他的服务真的很好，但他几乎没有自己的客户。自信萎缩了，妻子巨大的阴影完全覆盖了他。不知不觉，他开始辗转难眠。

"你喜欢做保险吗？"我问。

"呃……还不错，可以学习到很多东西。"

"但它似乎给你很大的压力？"

"压力可以让我成长，我需要一些改变。面对压力就像面对风险，做好准备，就无须害怕、无须焦虑。"他像只鹦鹉似的说着。

听着这些不像从他嘴巴说出的话，我不禁皱了皱眉头，他真的说服得了自己吗？

"你老婆知道你来看失眠吗？"

他突然显得更紧张了："呃……她不知道。"

"你看起来有些担心？"

"嗯……她……她不是很赞成。"他结巴地说。

"嗯，怎么说？"

"她说吃药不能改变我的态度，只是一种逃避，问题并没有消失。"

是啊！问题并没有消失。他真正的压力是妻子，那个不断要求他面对，他却不敢面对的妻子。我明白他夜里的煎熬，躺在强势的妻子身旁，总让他想起自己的渺小——他还不及格，必须改变态度、超越压力，让失眠消失才行。

"那你为什么愿意来？"

"呃……"他又下意识地缩起了头，遁入沉默。

我知道我得不到答案，但至少他今天是凭着自己的意愿来的，尽管飘忽隐微，却还是发出了一点自己的声音。

他是一个极其顺服之人，但那种"顺服"并不是自在安适，而是紧绷压抑。进入婚姻后，顺服的习惯让夫妻间的关系愈加倾斜：有人沉默，有人就得放大音量；有人不回答，有人就得自问自答；有人放弃撤退，有人就得进入接管。

他对事情总没意见、没想法、没方向。妻子一开始还试着给选择题、是非题，最后干脆直接给他答案，他照着做，像是考了满分，但其实统统交了白卷。他气馁，妻子失望，两人的关系更像依赖的孩子与严厉的母亲，加速失衡，却也嵌得更紧。

"你今天愿意来，就是积极面对问题的开始，回去可以再想想看，纵然老婆反对，你还是愿意来的原因是什么？或许那就是一个很重要的改变。"

给他开了安眠药、抗焦虑剂，并教导他改善睡眠的知识，最后我仍不放弃地提醒并鼓励他。他意识深处埋了一颗"种子"，我看见了，希望他也能看见，持续灌溉，等待破土而出。

"嗯，谢谢医师。"他顺服地点了点头。

当愤怒破土而出

后来几个月，他断断续续来了好几次，每次都说睡得蛮好、药效不错，其他避而不谈。那天，他有些不自然地走进诊间，刻意想把手藏起来。这笨拙的不协调感反而吸引了我的目光，发现他长袖底下缠绕的纱布。

"你的手还好吗？"我担忧地问。

"呃……还好。"

"发生什么事了吗？"

"呃……我有点忘记了。"他表情僵硬地回答。

"我只是有些担心……"直觉告诉我，我们不会刻意回避或隐瞒一件已消失于记忆中的事。

"好像是……手打破玻璃窗。"他多说了一些。

"嗯？"我抓紧机会，等他接着说。

他犹疑了一会儿，尴尬地说："就不小心有点生气……"

那天老婆一打来电话就激动地责备他，说他怎么可以客户要什么就给什么，这样是欺骗自己，不负责任。"一个好的业务员不是去满足客户所有的要求，而是要主动去发现客户自己不知道的需求！你懂不懂啊？"

他听着虽然有些委屈，但还忍耐得住，毕竟这的确是他的问题。但接下来的那把火彻底引燃了他。老婆在电话里吼着："还有，你不要以为我不知道你在看精神科，吃安眠药！我看到药袋了，你还藏在衣柜里。你的态度呢？有安眠药，就可以假装一切都不存在是不是？骗我又骗自己，压力就会不见吗？太可笑了，你根本就没有想改变，没有想负责，没有想长大！"

他忍住没有回嘴，但右手忍不住重重打破了玻璃窗，玻璃碎落一地，愤怒却还紧紧地捏在拳头里，不觉得痛。

没想到破土而出的是"愤怒"，但至少我知道他还有力量。只是，这力量应是拿来表达自己，而不是击碎玻璃。

"你觉得……是什么原因让你那么生气呢？"

"呃……我控制不好自己的情绪，态度还需要调整。"他嗫嚅着说。

眼前的他已熄灭了愤怒，那一瞬间的力量也消失无踪。他自觉说得太多了，于是退得更远、躲得更深。那颗种子，终究还是没能发芽。但是，隐藏起来就不存在了吗？

就像他问客户的：人生的风险，真的要继续视而不见吗？

💡 关系修复的开始

相隔几周后，他又回到了诊间。

他系了一条全新的领带，鲜黄缎面上印满了笑脸。我的目光离不开那些一模一样的笑脸。

"你的领带看起来很有精神。"

"谢谢，这是我老婆帮我选的，我很喜欢。"他脸上浮现了同样的笑脸。

"后来你老婆怎么说呢？"

"嗯？"

"你看精神科的事。"

"呃……后来我跟她说我没看了。"

我没说什么，明白了那空药袋不能带回家的苦衷。

📖 爱的领悟

失衡的关系，大多不是单方面造成的。这些年来，或许妻子是在等待他开口的，但他依然选择以沉默和微笑回避任何可能的碰撞。为了继续走在一块，妻子只好伸手拉上他，不知不觉地却掐住了他的喉咙。

这样没有对话的关系，是何其脆弱、何其陌生啊！总有一天还是会破碎的吧！或许是因他说不出口的自卑与愤怒，也或许是因妻子永远只能自言自语的孤独与疲惫。

于是，有人甩开了手，有人松开了手。

公路男人

他害怕选择，只能茫然地高速前进

男人都是星期五晚上回诊。

皱巴巴的衬衫、洗白的牛仔裤，沉默的脸，颈上挂的识别证更蓄满了一整个星期的疲惫。终于下班了，他撑着从台南开车回高雄，直接来到诊间。

那是我对他的第一印象。

"你每天开车往返高雄、台南通勤？"我好惊讶。

"还好啦，高速公路不堵车的话，不用一个小时就到了。我有个朋友住美国，每天上班都得花双倍的时间呢！"他苦笑着说。

然而，因为睡眠时间被压缩了，他必须更有效率地利用时间，将夜晚浓缩得更短、更沉、更黑。"我希望可以一躺床上就能睡着，一觉到天亮，第二天起床马上就有精神。"他明确地提出需求，像在会议上对部属要求那样。

"我能给你一些短效的安眠药，让你比较快入睡，醒来不会昏昏沉沉的。但要像你期待的那样拿捏刚刚好，就有点困难了，毕竟我们是人，不是机器。睡眠，不像开关切换那样简单。"

我指出他要求中的不合理，而这不合理，显然来自他对现实困境的回避。

他叹了口气，仿佛引擎里最后一点花火。

"好吧！只要能睡好一点就行。"

睡眠困境是因现实中遇到困境所导致的结果，而非困境本身。

除了睡眠被剥夺之外，他的时间被剥夺了、快乐被剥夺了，甚至连希望也被剥夺了。

被剥夺一空的脸上流露着毫无动力的哀伤，有如一辆再也无法发动的车子。

"嗯……你曾想过，不去上班吗？"我问。

仿佛被猜中什么一般，他抬起头来，眼中泛起泪水。

"其实更严重……"他哽咽地说。

"嗯嗯。"我不是猜中，我只是"看见"了。在男人伤痕累累的外壳底下，往往早已藏着支离破碎的灵魂。

"我曾想过，就离开算了。"他低声说。

我点了点头——不是离开工作，是离开这个世界，离开这个疲惫且哀伤的人生。

"因为真的很辛苦啊！"我不自觉地也叹了口气。

"不只是辛苦，我也不会讲……"

"嗯嗯，是更复杂的感受吧？"

"医师，我常在想，我的人生就像在高速公路上一样，只能一直开，不能慢下来。路线规划了，就是那样，没有选择也没有自由……"他颤抖地说着，如发不动的引擎在挣扎。

他／她的未来，与他们的未来

研究生毕业后，他顺利进入了北部一家顶尖的公司当工程师，工作虽繁重，但他态度认真、能力优秀，很快就脱颖而出获得拔擢。感情上，则与相识多年的女友关系稳定，她是小学老师，跟他一同告别了高雄的家人北上。

他还记得，那时的他像在高速公路上一路顺畅地奔驰着，没有刹车也没有转弯，只要继续向未来前进就好。

三十岁时，他载上新婚的妻子继续奔驰。一年后，妻子怀孕了，提出了回南部的想法，她想在家人的支持下给孩子最完整的照顾。

"我们再想想看吧！"他握紧方向盘，专注地看着前方。

产后，妻子请了育婴假，全职照顾孩子，而他维持着早出晚归的生活。他认为自己最重要且唯一的责任，就是带着全家人，加速驶向更远、更明亮的未来。

但那只是他的未来，并不是他妻子的。一成不变的风景与没有喘息的高速奔驰，让她觉得被生活困住了。

"你不想回高雄，那我就自己回去！"她发出了最后通牒。

男人看起来很委屈。

"她说，我眼中只有工作，不明白她的孤单与无助，如果我不能做出决定，她必须为自己跟孩子先做出决定。但她真的不明白……"

妻子先下了车，带着孩子回娘家。车里只剩他一个人，还有满满的孤单与无助。他被迫做出选择，向公司请调至南部厂区，开始了高速公路往返高雄、台南的通勤日子。

"在家庭与工作之间，只有牺牲妥协，从来没有平衡这种事情。"他失望地说。

妻子的抱怨减少了，但夫妻之间的相处与对话并没有增多，男人日复一日、年复一年，始终孤单地在高速公路上驶着。两年后，小女儿出生，他的负荷更重了，却仍无助地看不到目的地在哪里。

父亲节，孩子画了张全家开车出游的图贴在家门上，每个人脸上不成比例的大嘴开心地笑着。一晚，他照常在深夜回到家，车子熄火后，悄然无声，出游的图画静静地贴在门上，突然，他惊觉自己好久没听见妻子与孩子的笑声了。

因为努力挣扎过，才会受伤

南部的发展机会很少，让他在工作上遇到了"瓶颈"。几次放弃晋升回北部的选择时，心中不自觉生出了对婚姻的悔恨，但疲惫地回家后，看见妻子陪着孩子睡着的满足神情，心中又是满满的愧疚。

家是一个归属，让工作获得意义；而工作带来价值，让家庭获得支撑。但如今在他心里，家庭阻碍了工作，工作又剥夺了家庭。他怨恨现实困住了自己，又自责无能脱困，只能充满矛盾地继续独自行驶在高速公路上。

工作与家庭的矛盾、付出与需求的矛盾、爱与恨的矛盾……太多的矛盾，让男人不敢相信自己有能力也有资格，做出任何正确的选择。

"我应该厌恶开车的，但矛盾的是，我还蛮享受那短暂的一人时光。听自己喜欢的音乐，不用勉强跟任何人说话，家庭、工作都不在车上，我好像真的回到一个人的世界，可以抛下一切。这种感觉可能只是一种自我安慰吧？事实上，我正在回家或工作的路上。唉！或许我就只是在抱怨而已。"他其实充满了罪恶感。

"我们永远都有矛盾。因为矛盾，我们才需要做出选择；也因为我们正尝试选择，才会遭遇矛盾。我不觉得你只是在抱怨，你是在努力寻找自己的选择。"我不仅仅是在安慰他，而是我看见了那些努力挣扎的伤痕。

"真的可以吗？"他茫然地问。

好几次在上匝道前，他想着不去工作也不回家，就那样掉头南行，但五年了，日复一日，始终没有逃脱。最绝望的时候，他甚至想干脆就放开方向盘，放开一切！

其实，他还真的赌过一次——闭上眼睛，脚踩油门，世界只剩心跳……但他仿佛听见妻儿的笑声，猛然睁开眼，又回到了阳光底下，自己仍身处不断前进的车流中。后来他打电话回家，背景里是两个孩子的争吵声，妻子不耐烦地问他到底什么事，他说没事，挂断了电话，躲在公司厕所哭了好久。

出于爱的选择

"上了高速公路，就不能轻易下去了，除了踩油门，我们好像没别的选择，除非抛锚或发生意外……"他说。

在无能为力的困境与忧郁之间的反复循环中，他耗尽了油料。

"其实你可以做出选择的。在上高速公路的那一瞬间，我们就已经做了选择，不是吗？只是顺着往前走真的轻松许多，于是我们害怕再一次选择，即便有疑惑也会变得犹豫不决。"我说。

是啊！我们曾经充满期待且无惧地做出抉择，只是历经现实磨损与时光冲刷而渐渐遗忘了初衷，仿佛那选择是错误的，于是，我们推翻自己、指责自己，陷入对抗自我的矛盾与悔恨之中。

然而不是我们在变，是生命在变，人生的目的地本是难以预料的。

任何一刻的抉择，若是真诚勇敢的，便无须悔恨吧！而若能想起当初怀抱的情感，如今的矛盾也就能被理解、被宽容善待了，连同那个受了伤的自己，也应被宽容善待。

"医师，你也会犹豫吗？"他问。

"会啊，我也有我的矛盾啊！选择总是艰难的，但我相信你能做出选择的。只要你没有停止疑惑，慢慢地便能更清楚自己最珍惜的是什么。现在困住你的，只是那种'自己完全无能为力'的想象。"

"嗯？"

"如果不去害怕选择的结果，我们就不会放弃自己做选择的力量，或许也就不会困在无能为力的感觉中了。生命中永远有矛盾，也永远没有完美的选择，反过来想，任何选择在当下都是足够好的了。"

"很难不害怕啊……"

"你说的'高速公路'，真的下不去吗？只要看清路标，就算下错匝道又会怎样？路还是相连的，还是能到我们想去的地方，只是多绕了一些路，但也多看了一些风景。"

我想，如果能不对过去的选择悔恨，也就不会害怕再做出让自己悔恨的选择了，于是，便不会被这样的恐惧困住了。恐惧与速度，其实都是一种惯性。

"你的选择一直是出于爱啊！所以你才会害怕，但也会因此而勇敢。"

💡 关系修复的开始

几个月后，他没再回诊了，这是他的选择。

或许，他还做了其他选择，也或许他的选择仍不变。

记得他曾说，那天打回家的电话其实让他感到安心。他知道有个地方一直在等待他回去，无论他开到多远的地方。

一日黄昏，广播里传来吴志宁替父亲吴晟的诗《负荷》所谱的歌曲，我不禁跟着轻哼：下班之后 / 便是黄昏了 / 偶尔 / 也望一望绚丽的晚霞……

或许此时，他也正奔驰在路上，听着同样的歌，背负着同样最沉重也是最甜蜜的负荷吧？

❤ 爱的领悟

爱里头是充满矛盾的。

但也唯有爱，才能包容如此多而难解的矛盾。

回转寿司男人

面对爱情，他始终举棋不定

蒋君发短信给我，说他失眠了。

他是我以前的同事，许久没联络了，这次是在诊间相见。

我一边评估他失眠的样貌，一边追寻失眠的根源：是作息改变，咖啡因摄取过量，还是焦虑扰人？

听起来，白天沉浸在工作中还好，但每到睡前，烦忧的事情就盘踞心头，而夜深人静，这烦忧更显得清晰喧杂。

"什么时候开始的呢？"我问。

他也不知道，只知道意识到的时候，他已经产生了无力感。烦忧太过沉重了。

几年前还是隐隐约约的，只在朋友的婚宴上会有些焦虑，回到一个人的生活时，又如往常一样自在。

但这一年多来，一种陌生的不安开始从暗处袭来：一个人看电影时，一个人开车回家时，一个人躺在床上准备熄灯时……

"不知道，我开始觉得无聊，好像能有个人说话会比较好。"他说。

其实，那是寂寞的感觉。

只是，"寂寞"两个字不是他习惯说的语言。

蒋君是一位专业而认真的内科医师，工作上，他博闻强记，总能对疾病提出理性而精确的分析，让人敬佩且信任。但相处一阵子，很容易便能深刻感受到他的某种特质——某种硬邦邦如精装百科全书那样的特质，他能告诉你很多他知道的事，但不像小说，能说出你心中的话。

他的语言中，缺少了"情感"。

❤️ 向前一步，更贴近彼此

更多的选择，却带来更多焦虑

夜里下班后，我们找了一间回转寿司店，开始分享彼此的近况。时间虽然不早了，但等待被挑选的寿司与等待挑选的人们，仍在店里热切地流转着。

他说，这一年来，一直单身的他开始相亲了。

"的确是该结婚了，不是吗？我想了想，相亲是最有效率的方法了！"他看着一盘盘从眼前流过的寿司说。

因为年纪跨过了一个门槛、工作稳定了、父母的期待、人生的规划、同侪间的影响……他说了诸多原因。但他没将那种"想跟人说话"的感觉，放进他的理由清单中。

在他口中，结婚像是一件任务。虽然许久不见，他那种硬邦邦的特质依然没变。

他找的是传统媒婆，年纪都在五十岁上下，口耳相传介绍来的。他说没太费力，稍稍探听，需求端便与服务端自然搭上线，然后源源不绝拉出一串。

传统媒婆仅以手机联络，跟他要了基本资料还有希望的条件，有适合的人选便汇报给他。通常他只知道对方的基本资料，运气好，才多张照片。如果他觉得有兴趣，媒婆就会帮双方联系见面，许多对象都是第一次见面才看到长相。

"第一次见面，不会不知道聊什么吗？"我好奇地问。

"不会啊！反正双方目的都很明确，就聊该聊的。"他就事论事地说。

或许对他而言，这种形式的场合有固定的节奏规则可依循，反而比那些日常随机的相遇更容易应付些。

我仿佛看见他拿着问卷探究对方的家庭背景、求学经历、人生规划、婚姻价值观等。的确！还有比相亲更能理所当然地进行调查，又让人感到没什么不妥的形式吗？

一年来他在餐厅、咖啡馆见了二十多位对象，医师、药剂师、老师、副教授、律师、待业中到无业的千金小姐都有，年龄从稍长到小他十岁，身高从等肩平视到小鸟依人。

"假日很忙啊，有一天，我在午餐、下午茶和晚餐连赴三个约——"

我忍不住插话："这样像生产线一样紧凑又短暂的面试，你不会错乱吗？前一个的感受还没沉淀，下一个又送了上来。"

"反正把握时间多看、累积更多选择，才不会错过最好的人啊！"他说。

然而，事实却不如他所说的那样。更多的选择，带给他的不是更多把握，反而是更多的焦虑。他茫然地继续相亲，始终无法分辨谁是"最好的人"。

大约有一半的女子跟他保持着不同紧密度的联络，但没半个有进一步发展。他犹豫不决，不敢往下走，一年了，依然孤身一人，寂寞的感觉非但没有消失，还披上了另一层焦虑。

"感受"是不讲道理的

我从回转台上端了一盘鲔鱼片，而蒋君目光虽一直逗留在转动的寿司上，却迟迟没有取用。

"吃不下啊？"我问。

"不……还没看到想吃的。"他摇摇头说。

他拿出几张照片，一一向我介绍这些女子的背景，然后焦急地征询意见："怎么样？你觉得哪个最好？"

我直觉地反问："那你心中的理想伴侣是什么样子？"毕竟这是他的爱情，我只能祝福，不能替他决定。

"理想伴侣啊……我觉得应该要知识水平差不多才比较容易沟通。年纪比我小但别差太多岁，之间才不会有代沟，生小孩也不会有问题。还有……"

蒋君认真地说了许多"具体"条件，反而让我觉得空泛。他替理想伴侣勾勒出了硬邦邦的轮廓线，却只是个没有血肉、没有温度的空壳，好像从百科全书里查到的"妻子"解释，然后逐条背诵出来。

这个空壳可以套用到照片里的任何一位女子身上，这些描述缺了任何情感层面的东西，无论是他感受到的，还是他需求的。我无法想象蒋君与她们之间交谈相处的细微差异，好似复制的外壳，无从分辨。

但她们当然都是不同的，她们的声音、呼吸的韵律、笑的样子、等待的神情，还有听人说话时躲在眼睛后流转的思绪……而这些难以具体描述的幽微感受，往往就是感情里最坚韧、最具决定性的力量。

"她微笑的样子温暖了我。""她听我说话时的专注让我感觉被关心。"蒋君说不出这样的话。对他而言，"感受"一直是困难的，无论是觉察别人，还是体会自己。

许多男人也跟蒋君一样，感受迟钝，便更倚重思考来诠释世界。他们的生活就是"思考"，看待任何事情，总喜欢长篇大论地分析，然后问别人："你觉得有没有道理？"

然而，"感受"往往是不讲道理的，再怎么思考分析，也无法凭空推论得出。

他们真诚善良，但就是不会察言观色，许多一眼就明白的感受，总需要几经翻译才能读懂。而就算读懂了，也只能硬背下来，不知如何响应，因此在人与人的相处上屡遭挫折，尤其是两性关系。

"没有道理又怎样？"许多女人就因此被激怒或感到气馁而远离了。

对一些男人来说，这是一种惯性，也是一种防御与逃避。然而这样硬邦邦的理性是难以将情感的多变与抽象驯服的，就像无论百科全书再增添多少文字条目，也无法对"爱情"做出完美的定义。

爱情的领域里缺少了"感受"，真像没有方向感的人拿着地图找路。但不冒着迷路的风险进入爱情，恐怕任何感受都是遥远疏离的。这说法矛盾且让人困惑，却最接近真实。

不花时间相处，找不到答案

"你心中真的没有比较欣赏的对象吗？"即使说不清，我相信他还是有感受的。

"有是有，但是……"他皱起眉头。

"但是……"

"我不确定以后相处会不会有问题。"

"但没有相处，你更不知道会有什么问题啊！"

感受必须从日常的细微处汲取，经由时间酿造获得。如果不花时间相处，只会在无止境的相亲中迷失。

其实蒋君对于"相处"一直有所恐惧。过去的挫败经验，让他没有自信面对感情里的不确定性，因此就更想仔细丈量、计算风险，寻找一条最安全、最不会失败的快捷方式。但那条路并不存在，他只好在感情边缘夜夜焦虑地徘徊。

爱情的词典里没有万无一失、一劳永逸。关系是流动的，很多问题是要在两人都进入后才逐渐浮现，这些问题纵然令人苦恼，却也往往带来智慧，加深我们对爱情与自己的理解。

爱的第一课：怀抱决心，进入一段关系

不知不觉，我的盘子已经叠高，蒋君眼前却仍空无一物，只是不断地添水喝茶。

"你在等什么寿司吗？"我问。

"嗯，也没有，我只是看看有没有更想吃的……"他伸颈看了远方缓缓驶来的寿司，又低头喝了口茶。

"其实如果你有什么特别想吃的，可以直接看菜单点，不用等。"我提醒他说。

"咦？对啊！其实也没关系啦……"仿佛想止息我的催促，他随手取了滑过眼前的茶碗蒸。这幅景象犹如蒋君的困境：以为自己能够尽情选择，最后却是什么也选择不了。而迟疑且焦虑的他，到底是挑选寿司的人，还是被挑选的寿司呢？

"不花时间相处，真的是找不到答案的。你以为能等到更好的人，或许已经错过了。"我鼓励他，无论如何该往前走，"这样漫无目的地等待下去，永远不会等到最好的人，反而只会错过更多'足够好'的人。"

怀抱决心进入一段关系，是第一堂课。

进到爱情迷雾里找路，是免不了遭受挫折的，但也才能开始艰辛的第二堂课：感受。

爱的第二课：感受

"你知道什么是爱吗？"

我直接挑明了问。

蒋君不像大多数人胡乱地说些自己也不明白的答案，而是像个孩子一样坦率却又有点沮丧地回答："不知道。"

其实他真正的问题是不善于辨识感受、表达感受，而不是全然没有感受，所以他会焦虑、失眠，会有不敢确认的欣赏对象。

就像他会平铺直叙地说："我觉得无聊，有个人能说话会比较好。"但不会表达："我觉得寂寞。"

他缺乏的是可以沟通内心感受的语言。

若能引导他将这些感觉与需求用自己的语言说出，然后协助他去理解、辨识，原来这就是某种情感或某种爱的表现，慢慢地，或许他也能多学会一些适合表达自己的词汇了。

关系修复的开始

一开始，需要一字一句地把感受"翻译"给他听，鼓励他说出口，然后回馈给他。

"爱，就像是你不想让某个人受到伤害，见不到面时，你会频频想起她，会希望可以一直待在她身边，愿意为了她去承受一切痛苦……爱，就发生在这些你也拥有的感觉中。"我告诉他，"或者，你比较想跟她说话胜于其他人，听到她的声音就觉得满足。"

我不放心地再问："满足是什么，你知道吧？"

这堂课是困难的，但若没有这堂课的成长，爱便无法在语言的隔阂中流动。

蒋君后来终于赶上了第一场恋爱，几个月后，也经历了第一场失恋。他的确挫折伤心，但爱情的模样，在他心中总算清晰了一些。

♡ 爱的领悟

感情不是一件商品，购买后附带永久保证书。它比较像是精挑细选后的种子，即使在阳光充沛、湿润而肥沃的土壤栽下，依然需要持续的呵护照顾。

不种下，永远没有机会发芽；不用爱灌溉，随时都可能枯萎。

那到底什么是爱呢？

有时我们把爱说得太浪漫、太空泛了。不如说得具体一些、粗俗一些、踏实一些，然后认真地去做，勇敢地去做，寻常而日常地去做。

至于感情里不确定的事，是留给未来的。未来许多还不明朗的部分，不见得是看不清，而是尚未成形，留了空白，让实践的爱去描绘。

孤枕男人

孤独，是因为彼此的爱走失了，而不是不存在朋友最近在为新屋找床，逛了几家店，却寻不着夫妻俩都满意的。他觉得软的，妻子说硬了；终于找到软硬适中的，两人一起躺下，不是感到拥挤，就是觉得身旁的震动扰人。

"不是有独立筒的吗？"我问。

"结婚之后就没有真的独立了啊！"朋友无奈地耸耸肩。以前同居时，夏天抱着都可以睡得很甜，反而现在同处一个空间，光是呼吸声都觉得压迫。

"幸好你家还有多余房间。"我毫不同情地嘲笑他，"独立是需要战争的啊！"

结婚，不就是为了联结吗？情感的联结、生活的联结，而孩子就像是生命的联结。那婚姻里，还能保有多少的独立呢？又为何，我们会怀念独立呢？独立，能不孤独吗？

告别朋友后回到家，妻子与孩子都睡了，我坐在沙发上，偌大的客厅只属于我，却静得有些冰凉。

方才不愿意回家的我，此刻却感觉迟了。

我想起了他的寂寞，那个晚婚的父亲。

♡ 向前一步，更贴近彼此

被寂寞包围的丈夫

进入社会后，他奋斗了十几年，一阶一阶爬上了银行副经理的位置，觉得站稳了脚跟，便结了婚，生了孩子。

但是近几年金融界的生态变了，高处的空气稀薄，背负的行囊却更沉重。他每天加班，穿着闷热的西装四处拜访客户，只求在稀薄的人情里多卖点面子。每次低头递出名片，看见上头"副经理"的头衔，便自觉丢脸。

说到这里，他反射性地堆起笑容并掏出名片递给我，旋即却像烧尽的火柴棒，焦黑枯萎地垂下头。四周暗淡下来，冷冷的寂寞迅速包围了他。

结婚后，他依然无法从工作中脱身，妻子全职照顾孩子。他在皮夹里随身带着全家福的照片，但实际上能看见他们的时间不多，他老得很快，一转眼四十岁了；而四岁的儿子长得更快，早已不是照片中的模样。

他承认自己跟工作绑得太紧，回到家也松懈不了，在外头对客户嘘寒问暖、说尽好话，对家人却一句也说不出；陪儿子一起看卡通图片，脑中却是卡通信用卡的业务。

或许是自己的缺席吧！夫妻之间有了裂痕，但妻子与儿子始终都绑得那么紧，没有他容身的缝隙。妻儿独立地生活着，自己宛如一个陌生的房客，只想回家睡觉，定期缴租就好。

听着他自责地诉说，我可以想象，他们夫妻各自都绑得太紧了，于是之间的联结被硬生生扯断了。

防御而疏离的妻子

独立的妻子越来越坚强，也越来越凶猛，像母狮守着小兽，任何人都不可靠近。每次他对儿子的生活有意见，妻子便说他不懂，只会出一张嘴。

"我们是不是该让儿子练习自己睡了啊？"他问。

"你懂什么？你以为我不想吗？"妻子白了他一眼，继续晒着儿子的衣服。

奇怪，这些新衣服哪儿来的呢？去年他帮儿子买了一件小衬衫，被妻子嫌丑，跑哪儿去了呢？

他不懂，他的确不懂，不懂妻子的焦虑、防御和疏离。干涉太多好似侵入了她的领地，而太靠近孩子，就仿佛要将孩子夺走。

他没有要侵入或夺走什么。这不是一个家吗？他只是想确认自己的存在。但是对守在家里的妻子而言，这种偶尔才出现的父亲与丈夫姿态自私又不可靠。

"孩子不是拿来娱乐你、满足你的。你想关心他、了解他，就要多花一些时间陪他！"

他无话可说，时间真的比钱还难赚。

回到家都接近8点了，妻子正在帮儿子洗澡，隔着浴室门可以听到哗哗水声还有儿子稚嫩的笑声。等他匆匆打点完晚餐，孩子已要睡了。妻子只留下一盏小灯，要他放低音量别吵到儿子。

他无声地沉进沙发，把电视转至无声。妻子瞄他一眼。

"你可以不要死气沉沉的吗？"

他仿佛听见妻子在抱怨。

儿子用疑惑的眼神瞄了他一眼，便跟着母亲进了房间。

期待联结的两座孤岛

黑暗中，他目光空洞地看着电视屏幕中介绍鲸鱼的节目，深海的粼粼蓝光映照在他脸上。

太疲倦了。身为父亲和丈夫的那个部分，就像永远浮不出水面的鲸鱼，缓缓地下沉、窒息。节目中说那叫"鲸落"，死去的躯体成为丰盛的最后一餐，骨骸化为深海里的一座孤岛。

他差点就要闭上眼睛了。妻儿窸窸窣窣的声音隔着深海传来，客厅好大好静，他游不过去。他独自偷偷练习，只能挤出一点点笑容，放出一点点眼神，无力再多，心在工作里掏空，力气也耗尽了。

好怀念照片中的记忆，那时儿子刚满一岁，先学会叫爸爸，再叫妈妈。那天三人盛装拍了全家福，笑容满足，眼神有爱。

而如今，他像个旁观者被隔离在外。

睡了吧？他心想。

悄声进入房间，蹑手蹑脚地靠近已熟睡的儿子，轻抚着小小的额头，小脸轻抽了几下，忽然闷哼一声，一旁的妻子醒来狠狠瞪了他一眼。他赶紧缩手，落荒而逃。

逃回自己的房间，那张孤独的双人床。

一张床睡三个人，还是挤了点。其实，最初是自己要搬到客房的，那时儿子容易夜惊哭闹，为了撑起隔日面对客户的笑容，他先逃开了。

然后，就回不去了。

他说他感觉被放逐了。家里多了一个人，却更显寂寞。

每个夜晚，他从空荡荡的客厅回到空荡荡的双人床上，疲倦，却寂寞得无法成眠。

他的寂寞里其实充满了矛盾，有怨怼，也有自责，对于妻子则是既心寒又亏欠。但将过错归咎于对方总是容易一些，所以他不断告诉自己，妻子有多冷漠、多霸道，也逐渐累积了内心的愤怒。

终究，两人大吵了一架。

"你只是把我当成提款机，根本不在乎我的感受！"当着儿子的面，他对妻子怒吼。

"你竟然这样说！那你又把我当成什么？洗衣机？洗碗机？像你妈以前说的'哑巴媳妇'，乖乖做事不会回嘴？"妻子紧抓儿子的手，气得发抖，将陈年旧账翻了出来。

这些是无情的情绪语言，却也透露了一些平时的委屈。但夫妻之间不是只有委屈，也有感激与惦记，只是争吵之中说出口的，就只剩愤怒的委屈了。

有些床上寂寞的男人，用愤怒说服自己而上了别人的床，却反而被罪恶感啃蚀得更空虚。

毕竟他们真正思念的，是家里温暖的床。

厘清寂寞从何而来

夫妻之间的联结断裂了，理解和沟通也跟着断裂。孩子再也无法平静地处在其间，成了两人争抢的对象。夫妻的关系就像天平，如果不能平衡，自然会把孩子当成砝码，来增加自己的重量。

但我在他复杂的寂寞里仍感受得到，他与妻子之间还有难以割舍的爱，只是那些爱啊，被转移到了孩子身上，连带着那些占有、嫉妒和关注的眼神，也统统投射到了小孩身上。

他与妻子都承受着寂寞，却无法彼此陪伴——他告诉我了，但告诉他自己了吗？

"你的寂寞是来自儿子，还是妻子呢？"我问。

他困惑地看着我，迟迟没有回答。

我是故意问的。儿子和妻子当然是难以比较的，只是我要他回头检视自己跟妻子的关系。落单之后，他是否越游越远呢？

妻子和他，好像在巨大的海洋里走失了。

"我要说的，或许你都知道了。其实你也明白妻子的寂寞，不是吗？她独自在家，默默守着，虽然有埋怨、有愤怒……"

我看着他，继续说：

"她的眼神，其实一直停留在你身上啊！所以她才会看见你逐渐下沉，担心焦急却无能为力。她很生气，跟你一样，气你，也气她自己。"

"我知道……"他点了点头，海流入了他的眼睛。

释放自己，游向彼此

他先发了短信给妻子，为自己的愤怒与失言道歉。他说出妻子的寂寞，也坦承了自己的寂寞。

他试着，慢慢游向妻子。

那晚，他依然伴着夜灯，坐在沙发上看电视。

"爸爸，我会一直把你放在心里的。"

儿子走过他身边时，突然这么对他说。

一旁的妻子给了个浅浅的微笑。他的心顿时满了，在黑暗中流下泪来。

这句话，原来是从妻子平时陪儿子读的一个绘本故事中而来。

妻子不是真的将孩子抢走，而是替他守着这个家。

关系修复的开始

我从包里取出刚从图书馆借回来的绘本——《爸爸为什么这么忙？》，这是一只小熊起床后总看不到爸爸的故事，于是他偷偷跟着爸爸，翻山越岭，穿越森林，涉过溪流，最后来到湍急的河水边，看着爸爸神气地跃入河中抓鱼。

翻到故事的最后，小熊依偎在爸爸的怀里，脸贴着爸爸，满足地笑着。

"小熊，爸爸出门是为了帮你和妈妈，还有妈妈肚子里的小宝宝找食物。我在寻找食物的时候，满脑子想的就是你啊！不管到哪里，爸爸都会带着你，就在这里……"爸爸说着指了指自己的心，然后说，"我希望你也一样把我放在你的心里哦！"

寂寞散去了，原来，我们总是被惦记着的。

♡ 爱的领悟

孩子，塞进了父母的床，吸引了他们的目光，也占据了他们的目光。于是夫妻俩可以忽视彼此的冷落，只计较着谁对孩子付出较多的爱、谁又拥有孩子较多的爱，却遗忘了——

彼此的联结，才是一切的最初。

PART 2

像个孩子

LITTLE BOY IN THE HEART

便利店男人

他想逃离的是麻烦、责任和束缚

过了夜间 10 点，这城市多数的招牌皆已歇息，发光的眼仅凝聚在黑暗中的某些角落。

"叮咚！"眼睛眨了一下，自动门滑开，吐出一口冷气，我走进了便利店，里头清醒如白昼。

座位上零零散散坐了几个男人，专注地沉浸在各自的世界中。

那个穿着保安制服、戴胶框眼镜的男子在玩手机游戏；穿花衬衫、像是出租车司机的平头男子一边吃着微波食物，一边看着言情小说；还有一个抹发油、系领带、发根开始褪色的男子，将西装外套披在公文包上，平板竖在泡面前播放球赛，驼着背边吃边看。

他们散发了某种相似的味道：身体疲惫，但精神有些亢奋，像从某处脱逃后长途跋涉才来到了这里。我一瞬间感染了他们内心的雀跃，也明白了，这正是青春期男孩自由释放的味道。

这些"男孩"终于从衰老、世故或伪装的成熟底下逃了出来，在这个"便利星球"成为自己的国王。

正如黄昏时流连球场畔的男孩们，放了学不回家，等风吹干汗，再吹出一朵朵白日梦。

角落有一张熟悉的脸，他喝着罐装啤酒，低头玩着手机，身上还穿着连身工作服，不时露出一种男孩似的纯真笑容。

我默不作声地买完了东西，匆匆踏上返家的夜路。路上我想起他初到诊间时，也是穿着这件布满油渍的工作服。

🗝️ 向前一步，更贴近彼此

像个男人一样

"今天加班，就直接穿着制服过来了。"记得那晚，他一进诊间便先这么说，像是生怕我没看见。

"这感觉很难洗吧？"我好奇地看着那些难缠的油渍。

"这要单独洗。我太太不喜欢那个油味，我都自己用洗衣粉泡，所以我经常懒得洗，还特别多买了三件轮流穿。"他笑着说，有点为自己的邋遢还有邪恶的小聪明沾沾自喜。

我也跟着笑了，明白这种在母亲面前的小小叛逆。

其实，这些油渍是男人从战场上带回的伤痕。

他是食品工厂的维修工程师，负责让机器维持二十四小时运转。这阵子来了新上司，推出新产品、测试新产线、设定新产能，老机器索性罢了工，不给面子。

"他要求我在二十四小时之内恢复生产线！他不知道问题就是他把机器折腾过头了！机器被这样折腾都不行了，何况是人。搞得我没一天可以安心睡好！今天差点给他掀桌！"

他天天加班安抚这些机器。但上司的脾气不好，机器的脾气难捉摸，他的脾气也跟着浮躁了，压力大得像一双男孩穿不上的大鞋，走着走着就跌倒，于是他走得更急、更火。男人全身紧绷，从后颈到下背的筋都被拧过头的螺丝死锁，耳膜过热，神经发烫，一点声音就令他烦躁。

但他怎能真的掀桌。上了战场就要长大，就不能叫痛，他只能忍耐，像个男人一样继续把伤痕往身上抹。

然而，他却开始逃避回家。

长不大的男孩

"上班很累了，回家就是要放松啊！结果还是像在上班一样，规矩一大堆：脏衣服要丢好，电视要小声，饮料罐压扁回收，不能喝酒，抽烟要到楼下……管我像在管小孩！然后她天天跟我两个女儿吵架，我扫到台风尾，被念得更凶，说女儿都学我把她的话当耳边风。狂风暴雨是要怎么当耳边风？"他筋疲力尽地抱怨着。

"你很怕你老婆生气啊？"我半开玩笑地问。

"哪会！是觉得烦。"大男孩不服气地说，"烦工作就烦不完了，回家还要听她讲那些鸡毛蒜皮的事，又不是在管小学生。到底是我没工作比较严重，还是鞋子没放到鞋柜比较严重？"

"最近常吵架吗？"

"还好啦！我不喜欢吵架。工作上我还可以忍，但回家我怕快忍不住了……"

"老婆知道你工作上的烦恼吗？"我想知道，那些油渍就只是独自浸泡然后默默洗去吗？

"不知道吧，我没特别跟她说。其实她也很烦！我那两个女儿真的不好搞，一个青春期叛逆，脾气像她妈，又特别喜欢跟她妈作对；另一个比我还懒散，常常忘东忘西，快把自己搞丢了……"

男人主动看见了妻子的难处，也让我看见了他的柔软。许多时候就是这样，多看见彼此的难处，就能多一些包容和体恤。

可惜，他只是看见了，却没有"说"；没说，自然也不会有人听。而当妻子没听见，他便以为她什么都没看见。

"所以女儿的事情都是老婆在处理？"

"对啊！从以前到现在都是这样。我管得比较松啦，但我老婆说那叫放纵，说我跟女儿一样长不大，最后还是她在替我们擦屁股。唉！我只好闭嘴，乖乖躲起来，专业的让她来就好。"他泄气地说。

所以，长不大的男孩躲到便利商店去了。

男人逃避的是"沟通"，更是沟通所翻搅而起的尖锐情绪。管教是沟通，争吵是沟通。沟通像是穿越荆棘，小心地将一朵花摘回，需要经历并修剪大量的情绪，才能抵达柔软的内心。而这正是男孩最不擅长，也是男人一直学不会的。

于是他与妻子的话都深藏在心底，远远隔着。

便利、公平又自在

"医师，我那天晚上看到你了！"几天后他回诊时兴奋地说。

"咦？"我装作毫不知情。

"在便利超市啊！不过你好像没看见我。"

既然他先自首了，我就顺势多问一些："那么晚了，怎么还没回家啊？"

"躲'台风'啊！很奇怪，待在那里感觉就是很轻松。"他眨了眨眼，如同在炫耀一个秘密基地。

那家便利超市坐落在住宅区入口，一些男人总爱趁夜深在那里留驻。

"你这样每天在便利超市逗留，老婆没意见？"

"又不是上赌场和酒吧，我是上便利超市啊！"他像个男孩似的呛声。

"你老婆真的知道你在超市？"我故意追问。

"呃……不知道吧。不过我太太根本搞不清楚我哪天加班，反而超市店员每天都记得我只喝冰拿铁不加糖，用心多了！所以我干脆天天'加班'，在超市喝啤酒、看漫画，等女儿睡了再回家。"

他理直气壮地说，还跟我"分析"起便利超市对男人的三大诱因。

"我说啊，便利超市的根本就是'便利'，没有时间限制、没有消费门槛，想去就去、想走就走，连开门锁门都不必。然后是'公平'，透明的标价，拿了东西付了钱，发票是简单的合约，你情我愿没人吃亏，不会再有讨价还价或委屈反悔。最后是'自在'，你需要时能得到协助，不需要时也能保有清静，没有令人窒息的关心，也没有令人却步的拒绝，像在一间独立的温室内，享用分量适中的温暖与孤独。"

话说得浮夸自我，却也是他心底的声音，如同一种挣脱现实的想象，满足了男孩变成男人后的失落。

"真的就是这样，便利、公平又自在，这三样东西啊，成家的男人都想要！"他下了肯定的结语，"我不是随便说的，我后来发现，那边有好几个熟面孔也几乎是天天报到。"

逃家的"男孩"们

有时，婚姻、家庭，对"男孩"来说还是太严肃沉重了。所以他们躲、他们逃，来到了离家最适当的距离，一个可以暂时不要长大的地方，像是夜里的超市。

其实男人不是真的想要便利、公平或自在，而是不想要麻烦、责任和束缚。二十四小时扮演大人让他们喘不过气，然而矛盾的是，为了保有男人的尊严，他们却用男孩的方式逃避。当男人越像男孩，妻子自然会越像个焦虑的母亲，被迫死守着无人轮守的家。

传统"成熟男人担负工作，成熟女人持护家庭"的观念，世代地复制，我们记忆里总有那"出门工作的父亲"与"门后守候的母亲"，长大后也不知不觉穿起相同的鞋，走上了相同的路。如此刻板的社会角色给了男人长大的压力，却也给心理上的男孩逃避的机会——工作上不能逃，但家庭可以。

绑在生活两端的夫妻分隔于家门内外，门关上了，就看不见彼此，本应相互理解与分享的悲喜点滴，被切割成独自收藏的成就与失落，久了，自然觉得寂寞且疲倦，累得说不上话。于是，男孩终成沉默的父亲，不断地逃；女孩亦成唠叨的母亲，无处可逃……

成熟的依赖

成熟，不是学会坚强、忍耐或种种表面上的武装，更不是放弃依赖，而是学会"成熟的依赖"。

成熟的依赖，是能够彼此扶持又彼此依靠，互相给予力量又获得力量，于是两人的重心不致偏移，都能站立而支撑起共同的家。

成熟的依赖，更是允许彼此去拥抱心中那长不大的小孩，学习倾诉且倾听那些细腻又剧烈的情绪。有时袒露自己的脆弱，有时则坚强地给予包容。当自己喘不过气时，能出声要求一个独处的空间，而不是沉默地逃避——逃避是一种放弃的心态。

这样的关系是种流动的平衡，不是关上的门，而是开启的窗，能让两人感受并观看到彼此，融入且参与对方，"男孩"与"男人"也能更自在地共存。

如此，虽然关系多了摩擦，需要更多的沟通，却也变得更紧密而不孤单。

关系修复的开始

几个星期后，他嬉皮笑脸地走进诊间："医师，被抓包啦！"

"怎么了？"

"昨天我一样在超市用手机看漫画，结果我太太突然打电话来，说反正我在超市，顺便帮她买鲜奶回去。"

"啊！她很生气吗？"

"好像也没有。不过我问她还要不要带什么回去，你猜她说什么？"

"嗯？"

"她竟然说，要我把心带回去，哈哈哈！我就回她：'我心不是一直放在你那里吗？'"男人笑着说。

"那你还能去超市吗？"

"可以吧！她又没有说不行。"他做了一个鬼脸，配合他大男孩的小聪明。

男孩真的是男孩啊！妻子其实一直在包容着他、等待着他，暗示他：那就穿着满身的油渍，把心带回去吧！

"那记得，把心带回去啊！"我笑着说，仿佛也听见了他妻子真切的呼唤。

♡ 爱的领悟

逃家的"男孩"总会想家的。而我想，男人能如此赖皮地逃，是仗恃着家不会消失，妻子总会守候着吧。

服务业男人

他欠缺了对自我的认同与肯定

他在初诊病历的职业栏中填上"服务业"，一个常见但也常让人感觉闪躲的答案。

"服务业是指？"我追着他问。

"呃……我是开乐器行的。"犹豫了一会儿，他才说。

初诊时，我们总是冒昧地询问个案的职业。这并非出于好奇，而是能让我们大略窥见个案的生命轮廓，虽然有些刻板，却有助于开启初次对话的其中一扇窗，让言语与信息持续流动。

这种看似闲聊的零碎对话却是我们赖以评估的基础。除了眼前说话的这个人，我们更要看他与别人相处的动机、方式和彼此所处的位置，或更抽象地看他跟整个社会互动的方式。

"职业"便是互动的一种重要方式，即使"无业"也是一种互动。

当然，不是每个人都能够自在畅谈自己的职业，他可能会有所提防、回避或敷衍地应付。而这些或许正透露出：他如何看待这个职业，他想象着社会如何看待这个职业，以及，他揣测着眼前的医师如何看待这个职业。

追根究底，就是他如何看待自己。

⌒♡ 向前一步，更贴近彼此

骄傲是自卑的盔甲

他终于决定来就诊，因为被忧郁压得实在动弹不得。

"撑不住了，我现在连自己的店都不敢去……"

其实，紧绷与低落的情绪断断续续有好几年了，但在过去喘口气总还能撑着站起来，就好像琴弦只要不断地旋紧，总能把走失的音找回，这一次，他却再也生不出力量，疲惫的弦终于断了。

"从什么时候开始有明显感觉的呢？"我问。

"一个月前……从我好朋友回来开始……"他像是发不出声音般无力地说。

好友和他从小学到高中都同班，而且是音乐班里"唯二"的男生，有着许多相似之处，同样都拉小提琴，还喜欢上同一个女生。

两人的确是好朋友，常如亲兄弟般分享男生间幼稚的欢乐与哀伤，但另一方面却也很清楚，彼此终究不同。相似里头尖锐的相异，让他们很难不拿来比较，也很难不在心中暗暗竞争。

在相同的舞台上，他们拉不同身价的小提琴，散发出不同的光芒——而他一直是最明亮的那一颗星，遥遥领先，稳居乐团首席。

"只有拉着小提琴的时候，我才觉得自己真正拥有了什么，可以填满贫穷的空洞……"他低声说。

弓一落在弦上，花火便绚烂地迸发开来，吸引了黑暗里所有的目光，这带给他莫大安慰，让他暂时忘记了在工厂轮班的父亲、帮人洗碗的母亲、常常落链的那辆破脚踏车，还有老师退回他钟点费时，那疼惜却又令人脸颊烧灼的眼神。

音乐是他的力量、希望和光芒，也是他生存的武器。

其实他偷偷地鄙视着好友。

"我瞧不起他穿名牌、坐轿车，拿着百万名琴却什么也拉不出来。但我又很矛盾……"

他是喜爱这位朋友的，可是仿佛"鄙视"才能让他更从容地面对好友，不那么厌恶自己、不那么自卑，也不会感觉这段友谊是被施舍的。

"他有钱，我有音乐。算一算，刚好公平吧！"他苦笑着。

但就在比赛拿了第一名后，他开始变得骄傲猖狂，总是皱着眉听好友演奏，不耐烦地叹息，乐团练习时若好友出错，他也毫不掩饰地放下弓，显露出不悦。

连两人之间共同的秘密，他也丢弃了。他们都暗恋着班上一

个主修钢琴的女孩，还曾经私下约定，除非女孩主动，否则谁都
不能背叛对方去追求她。

"结果，我背叛了我们的约定……"

他邀请那女孩当高中毕业音乐会的伴奏，就在毕业前，两人
公开交往了。

没有告别，好友离开了台湾。

现实之路

"乐器行？应该还算是音乐圈吧？"我问。

男人的回答带着自嘲："我现在是商人，耳朵听到的都是价钱。"

上大学后，家中经济再也无法支撑他的舞台，他被迫在现实
与梦想中做出选择，忍痛放弃了音乐，但女友没有放弃他，成了
他的妻子。婚后他开了乐器行，代理进口提琴，妻子则随同经营
音乐教室，昔日的奖状和奖杯放在店里，为他们保留残余的音乐
家微光，也带来丰厚的利润。下了舞台早已没有面子问题，何况
在舞台上，那点光连琴谱都照亮不了。

从此，小提琴拉奏出的不仅是音乐，还有实实在在的价钱。

每年在音乐教室成果发表会上，他会与妻子共同演出当年毕
业音乐会上的曲目。纵然不再那么纯熟动人，夫妻俩依然珍惜这
样的机会，那是关于爱情的重温，而不是音乐的追忆。

全无遗憾吗？他说也不尽然。

"我想，这就是一种选择吧！"

即使遗憾偶尔还会袭来，但现在的生活充实、平淡且安好……是吧？

那一次，妻子看着电视上钢琴家王羽佳灵动的指尖流泻出李斯特的钢琴奏鸣曲，眼泪突然克制不住地流出来。"这些我原本都会弹……"她哭着说。

原来，心里的情绪是那么满。

他抱着她安慰："我知道。我听过，也永远不会忘记啊！不过我们在发表会上的也不错呀！只是比人家老，衣服也没那么性感而已。"

"是烂透了！"妻子又哭又笑地说。

另一条路的风景

可是偶尔，另一条路的风景会如一片光羽，飘了过来。

从海外的朋友们那儿，有时只是一些消息，像捎来一封信，有时是网络上的演出照片或录像，如明信片里的明媚风光。

不过那些毕竟短暂而遥远，日子的重量轻易就将人拉回现实，忘了轻飘的欲望。心晃一下，就又安静了。

"但这次好像不太一样？"我问。

"或许我的心还没真的沉静吧……"他的眼神因摇晃而模糊不清。

好友在法国待了十多年，拿到最高演奏家文凭后，回台湾举办巡回演奏会。

眼前的舞台上，好友将摘回的星光洒满整片夜空，而他坐在黑暗的舞台下，一瞬间仿佛看见记忆中的自己。

"烂透了，真是烂透了！"

他的琴说不出那些故事了，而好友的琴唱出的每个乐音都穿透了他，抚慰却又刺伤了他，将他丢回梦想与现实的夹缝里，再度想起那些努力遗忘的失落。

每个人的选择背后，都有各自的取舍与遗憾，不同的舞台上是不同的曲目、不同的演出，但他总被好友选择的曲子扰乱。当年拥有音乐，却因贫穷而自卑，如今摆脱贫穷，又在好友的音乐中感到羞愧。

在连绵的要求返场的呼声中，好友重新走至舞台中央，若有似无地朝黑暗中的他点头致意。当第一串音符奏起，他的眼泪再也克制不住——弗兰克（César Franck）的《A大调小提琴奏鸣曲》，他毕业音乐会的曲子，也是婚礼上与妻子合奏的曲子。

回家后，旋律一直盘踞脑海。

"就是从那天起，我开始躲在家中，不敢去店里面对那些等待叫卖的小提琴。"

"你想过吗？到底什么是梦想？落在现实里的，就不是梦想了吗？只有你好友演奏出来的才是梦想吗？或许，你只是在这一刻迷惑了。"我试着将他好友的阴影拨开一些。

人生是一场终将谢幕的演奏会,我们只能选择有限的曲子演出,我看得出他选择了,也竭尽所能地演出了。

"在我眼里,谢幕后所有的掌声,你都可以骄傲地收下。"我对他诚挚地说。

孤独与所拥有的

后来他告诉我,好友离开台湾前约了他到小酒馆叙旧。

"其实我一直都很羡慕你,到现在还是。"好友将心中隐藏许久的话,一口气坦承了出来。

原来,当年好友曾偷偷去找那女孩伴奏,但被拒绝了。后来知道了女孩的选择,好友心中羡慕,却也觉得应当如此,反而平静地离开。在法国,语言不通很苦,但孤独更苦,平时专注练琴还好,可是几年之间听到许多老同学成家立业,更觉得寂寞而一事无成。

"有一阵子,我很痛恨练琴!我不拉它,它就不说话,但我一拉它,每个音符都像在哭泣。那时我好痛恨音乐让我失去了一切……"朋友喝着酒说,"你结婚时,我本想回来祝福你们,最后却临阵退缩了。后来听说你不拉琴了,不知为何我觉得很难过,却也因此看见了我所拥有的。我有的只是音乐,那我就更应该珍惜它。你一定没想到吧!支撑我继续走下去的,是你。"

他的确没想到。遥远的那条路上，应是全然美好的啊！

"那首返场曲是献给你们夫妻俩的。"好友说。

他忽然懂了。

"谢谢你……"

那是一首关于爱与祝福的曲子，作曲家弗兰克送给他的小提琴家朋友依萨伊（Ysaÿe）的结婚礼物。

长大的男孩们相视而笑，就像很久以前那样。

"你接下来呢？"他问好友。

"不知道，想去的地方很多，但能留下来的地方还没找到。舞台是很寂寞的，但幸好有音乐陪我。"好友的琴盒上贴满了世界各国的贴纸，像满身的刺青，拥挤却空虚。

其实，无论好友到了遥远的法国还是在眼前，他依然是他自己，不是吗？往昔带给他满足与快乐的生活依然存在，寻常日子里的幸福也依然专属于他。好友的音乐是属于好友的，而他未能拥有的不尽然是失去。

人生总有未能演出的曲子，总有遗憾，但已足够精彩。

关系修复的开始

回到家，妻子与孩子都睡了，夜灯如星光守候，均匀的呼吸声像一种安详的等待。

他拥着妻子，仿佛拥着最美的星光，在现实里的，而不是那遥远梦中的。

♡ 爱的领悟

的确，我们很难不用"比较"去感受这个世界，然而不同曲子里的音符，该如何比较呢？

走在不同的路上，若能够欣赏对方，便是美丽；若能够安顿自己，便是满足。

花椰菜男人

他太在意别人怎么看自己了

"健保卡"几乎是每一个人的随身证件。小小一张芯片卡上，有姓名、生日、身份证号码，还有照片。那张照片往往没有随着主人长大或衰老而改变，就像平时藏在皮夹的缝隙内一样，独自停留在历史的某个夹层中。

　　从鞋子、提包、戒指、墨镜、香水到刺青……对于精神科医师来说，任何关于"人"的事物都有它可以透露的故事，即使一张健保卡也是。因此，我习惯在仔细地观察个案本身之外，也欣赏他们的健保卡：有些缺角曲折，有些塑料膜剥离，有些贴满贴纸，有些遍布刮痕，有些则像是刚从黏烫的沥青中捡回。

　　掐着卡片看一眼在长方框里定格的脸，再抬头看眼前，是另一张不知准备落泪还是绽放笑容的脸。有的胖了，有的瘦了，有的老了，而有的反而年轻了。我必须提醒自己，这是同一具灵魂，在时光里呈现了不同的轮廓，就像同一张画裱了不同的框而已。

……是吗？有时，这灵魂仿佛断裂，我的眼睛在两张脸之间犹豫许久，依然无法得到那种平滑的延续感——真的是同一个人吗？

习惯与声音还比较可靠。我隔了半年见一位朋友，割了双眼皮后的那张脸充满陌生感，直到她用熟悉的声音点了惯常的饮料，我才想起她灵魂的样子。

脸蛋或许也就只是一件皮做的衣裳，轻易地便褪色了、破旧了，换一件新的了。

🔑 向前一步，更贴近彼此

零与一百的反差

他的照片是模糊的，只剩下大笔水彩晕染的那种模糊。

"洗衣机洗过就变这样了，反正也不好看，没关系啦！"他低着头，眼神飘忽。

他眼睛小小的，眼神其实不好掌握。单眼皮、黑眼圈、双颊凹陷且喉结突出，身形也很消瘦。鼻梁很挺，但突兀地隆起一块。

与照片不同，眼前这张脸的线条反而很深刻，但单薄得也只剩线条。

"一直吃不胖，当兵的时候每次归营，都被抓去验尿。"他抱怨着。低头说时比较流畅，一对上眼，就开始结巴。

他退伍之后，因为没什么专长，在战友的介绍下去当了酒店少爷。虽然名字叫"少爷"，其实也只是穿着廉价西装、喷刺鼻香水的服务生。

自此，他开始爱上喝酒。

从小他就是个容易紧张的人，尤其是跟陌生人接触时，只要人家眼睛望向他或开口跟他搭话，他就会全身一阵沸腾，面红耳赤地说不出话来。但喝了酒之后，就会好很多。

喝酒有小费拿，有些客人喜欢给少爷灌酒，越醉越尽兴，越狼狈越讨喜，吐了再喝，小费加倍！他毫不犹豫地一马当先，整瓶洋酒直接对着口喝。酒精进到血液里，沸腾的海面平静下来，温暖的海风拂过，世界变得可爱辽阔。每一双眼睛都温柔平和，他无所畏惧，整个身体敞开拥抱每一个人，话也源源不绝地流出来。

然后，没有酒了，世界就恢复原来的尖锐粗糙，甚至更加沉重迫近。他如被撒了盐巴的蛞蝓，不断地发抖萎缩。

这样戏剧化的反差，让他在客人、小姐间出了名，客人更喜欢找他灌酒，小姐也喜欢借机让他挡酒。但他真的不行了，整个身体越缩越小，吃不下、睡不着，一上班就想赶快喝酒，将恐怖陌生的世界灌醉；下了班却走不出房门，戴上口罩和墨镜，才勉强到超市买个饭团和饮料。

酒醉时隐藏的焦虑，都在酒醒后排山倒海地释放出来。

社交焦虑症

我担忧地告诉他，这是"社交焦虑症"：每当暴露在别人的目光前，他便赤裸裸般地感觉困窘，并想象别人因此察觉他尴尬的存在，更加嘲弄地注视着他，如镁光灯逼近，烧灼他。

而酒精是意外寻得的解药，短暂地麻痹他的焦虑，让他在穷追不舍的目光中偷得喘息。但酒也是毒药，让他更加依赖，却终究摆脱不了焦虑，长久下来，状况反而加速恶化了。

但他不这样认为，他觉得一切都只是长相的问题。

"我从小就被嘲笑，不管任何人看到我都会盯着我看，尤其是这个畸形的鼻子。然后我很容易就脸红，他们就继续盯着我看，我的脸就更红……"他一边说着，耳朵也烫红了起来。

"所以他们有说什么吗？"我想知道除了他的想象外，他是否真的听见了什么。

他没回答，继续低着头说："在酒店也是一样，同事说很帅的叫'花美男'，而我这种的叫'花椰菜'，想装成花，结果只是菜。"

"可是花椰菜真的是花！"我忍不住认真地说。

"如果长得帅一点，我就会有自信，就不会害羞不敢看人了……"他还是没抬头，红通通的耳朵听不进我的话。

过去经验里的挫折如一道伤刻印在灵魂里，而在新的人际关系中，痛再度被撩起、被验证。于是伤不断地暴露出来，被验证、被加深，难以愈合。

往往就是如此，因为是伤，所以就算被温柔地对待，痛依然会被唤醒，深刻地存在那里，于是我们总专注小心地盯着它，害怕被碰着了或者想象被碰着了……最后却变得分不清这份痛到底有没有"真正"被碰着。

社交焦虑的想象就像这私己的伤，大多时候只是"想象"，却真实地痛着。

花美男面具

有一阵子他消失了，再出现的时候，我竟不确定那是不是他。

他换了一张脸。

割了双眼皮，把鼻子重新整修了一番，还在脸颊上打了丰满的苹果肌。

"我把喝酒赚来的小费都花光啦！就当作是送给我自己的二十岁礼物。"

我眼睛离不开他的脸，实在很难跟以前的他产生联系。他的眼睛变得迷人，完美的鼻子像从雕像上移植过来的，而脸颊上那两颗"苹果"圆滚滚的充满了朝气。哇！这不仅仅是换框，而是换了整张画吧！

"医师，你是不是也觉得我的脸很奇怪？"他问着，还是垂下了眼。原来，藏在眼睛后的依然是我熟悉的灵魂。

"我只是觉得……真的很不一样了。"我由衷地说。

"其实根本一样，没有酒我还是不行。任何人看到我都还是盯着我看，他们一定觉得我的脸很奇怪，一看就知道是整形的。"他泄气地说。低头回避着我的眼神，他说话的声音与习惯从没变过。

一样对目光充满恐惧，甚至开始厌恶镜子中这张陌生的脸，并且继续依靠酒精让世界模糊，让自己飘起来，飞过那些目光。

"唉，所以问题真的不在外表啊！就算你变成了金城武，如果没有金城武的自信，内在的焦虑还是一样啊！不过，至少你现在真的变成花美男了。"我叹了口气说，希望他不要再逃避表面下的真实问题。

"超后悔的，而且男生去整形更容易被嘲笑。"他意志消沉，完全抬不起头。

"我明白你的感受，或许这样想好了，如果今天没去整形，你永远不会明白问题不在这张脸。"

我总试着想，除了后悔之外，我们还能从中得到什么？

我继续说："其实许多想象都不是真实的，就像你现在可能想象着我在嘲笑你的脸，打量你的焦虑，但其实不是啊！如果我没机会告诉你，你就继续活在自己的想象中，永远恐惧着。对路上来来往往的人而言，你也就只是一张一瞥而过就遗失在记忆里的脸。真正盯着你自己的，是你的内心啊！"

他抬起头来，眼神仍然飘忽。

"真的吗？"

"那么，就从诊间开始，我们来练习看着对方的眼睛说话好吗？"我看着他说，有一瞬间，终于捕捉到他的眼神。

灵魂的真相

我们的练习持续着，练习看进彼此的眼中。

他换了工作，回到阳光下生活，也慢慢减少了饮酒。虽然面对陌生人还是坐立不安，但在诊间里，眼神与我交会的时间慢慢拉长了。

我看着他的眼睛，看他灵魂里那些美好、他自己却看不见的光彩，并指引他。

关系修复的开始

几个月后，他的健保卡上突然换成了一张清晰的照片。是我熟悉的那张脸：单眼皮、冲出画面挺立的鼻子，一样退却抑郁的神情，但没那么消瘦，也明显青春许多。

照片里的眼睛看着镜头，无法闪躲。很神奇的是，这张已经不存在的脸却有着更真实的存在感。

"咦？你没有用新的照片吗？"

"健保局说只要是两年内的都可以。"

"这是你高中的照片吧？"

"反正差不多吧！我不喜欢拍照，手边只有高中拍的毕业照。"他苦笑着说。

或许，他还是比较喜欢原来的自己吧？又或者那只是一种习惯？无论如何，只要焦虑减少了一些，自己没有矛盾，用哪一张脸去面对世界都好。至少，那双眼睛已经从模糊之中浮现出来了。

"咦？"我脑中突然闪过一个灵感，赶紧上网搜寻照片，"你看，你其实跟这个明星长得很像啊！"

我指着屏幕中同样消瘦而线条锐利的一张脸。

"这谁啊？"他凑近屏幕，皱着眉问。

"日本SMAP的成员草弹刚啊！"对于这个刚满二十岁没多久的年轻人，我想SMAP还是老了些。

"嗯……好像真的有点像啊。嘿嘿，其实还蛮帅的嘛！"他转头看我，等待我的回应。

他的眼神停留得久些，反倒是我不自在地先撇开了。

爱的领悟

有时换了一张脸，底下还是同一个灵魂；而有时只是同一张脸，灵魂却散发出了不同的光芒。

诊间曾有个女孩，化了浓艳的妆，底下却是藏不住的哀伤。走过情伤后，她素颜而来，白净的脸上反而泛着柔光。而更多人在拭去忧伤后，灵魂的笑容便浮现了出来。

脸，终究只是件轻薄的衣裳吧！灵魂才是撑起这件衣裳的实体，才使我们得以面对赤裸裸的"自我"。

隧道男人

忧郁给他的绝望，像是没有尽头的隧道

相较于山，我觉得隐藏在山之后的海更让人向往。

大学时，与同学自贡寮沿草岭古道穿入山间，拨开白浪般的芒花后，天空开阔，海一瞬间吞噬了视野。我难忘那闯入心中的感动，突如其来的开阔令人仿佛自阴霾中被拉起，自由汹涌拂来，抚慰了一路的曲折。

至此，我相信海——相信海一直在等待、守候，即使山很高、路很长，海就在那里，静静呼吸，不曾离去。

我将这样的画面存放在心底，当郁闷遮蔽了天空，我便闭上眼，想象那片环抱的海，仿佛真的听见了海浪的细语，而得到了安慰。

但不是每个人都能那样相信着。

🔑 向前一步，更贴近彼此

被过去困住了

他哀伤地说："我很久没去看海了，从那时候开始……"

困在走不出去的深谷里太久，他几乎遗忘了海，也遗忘了生命中曾拥有的东西。

他本来是个活跃的螺丝厂业务员，大家都说他的个性如海，待人热情，胸襟开阔。

嘉义以南，跨过大武山到台东都是他负责的范围，他喜欢驾着车四处拜访客户，不觉得累，反而自由。尤其是从高雄出发往台东的那段旅程，蜿蜒的南回公路如约会前的眩晕，小小的煎熬过后，空气大口灌入呼吸，海迎面而来。他会停下车，静静地凝望那片海，如凝视思念的人，让发亮的蓝照亮他的眼睛，而心中的烦忧仿佛都被洗净，都被抛在山后。

他说那是拜访海，顺道拜访客户。

但有一天，拜访了十多年的海，砰然关上了门。先是台东的下游厂商改向海外下单；接着是老板决定关闭台湾的工厂，迁移到别处，为了精简人事，他被资遣了。隔着一大片海，他被排拒在外！

快四十岁的他顿时被不安包围，海的面貌变了，无边无际，像眼前不知所归的未来让他开始感到畏惧。他尝试了几份工作，但总觉得局促、不自在，没几个月便辞职，甚至不告而别。薪水、时间、地点、头衔、同事……没有什么是他不挑剔的，渐渐地连尝试都放弃了。他找不到适合自己的工作，也找不回适合工作的自己。

他停了下来——停留在过去，无法踏进未来。

他怀念过去的日子，以及过去的自由和自信，过去的海也比较美丽温柔。而这样的过去，竟背叛了自己！他充满怨恨地怪罪一切：老板、客户、家人，还有无情的海。

他最资深也最卖力，却没被公司留下。过去表面热络的客户也没替他说话，只有客套的安慰，便冷冷断了联系。十几年的青春血汗全消失在海里，走过的路像沙滩上的足迹，被浪淹没了，然后彻底抹平。

那终究是客户，不是朋友；老板也只是老板，不是家人。

而即使是家人，也丝毫不懂他的哀伤。

"你当年如果去考公务员，现在就不会遇到这种事！"父亲重提旧事，撕裂他的伤口。

"那这样明年怎么结婚？"母亲焦急的眼泪，加深了他的痛。

他不想辩解，选择沉默以对。

论及婚嫁的女友明白他的哀伤，静静地陪在他的身边，等待他移动脚步。结婚的事不急，工作也不急，她唯一担心的是那个像海的他，什么时候回来。但他用沉默筑起围墙，不说话，也不坦露心事，女友在墙外看着阴影如山隆起，慢慢吞噬他。

失落如永无止境的隧道

大半年过去了，他几乎足不出户地枯坐在阴影里，每天大海捞针般上网寻找跟过去一模一样的工作，累积足够的失望后，到阳台抽烟，看底下忙碌庸俗的人，嘲笑他们不知抵抗，活该屈就卑微的工作！然后，他继续回到阴影里，咀嚼过期的愤恨，并嘲笑自己。

任何工作都一样，没有保障也没有未来。所有的承诺都是谎言，肯定都是虚伪，最后，能用金钱计算的才有价值。责任、道义和感情都只是海面转瞬消失的泡沫，只有像自己这样的傻瓜才会着迷被骗，才会让家人还有女友为他担忧，跟着丢脸。

他不会游泳，竟还敢靠近海，并拖他们下水。没用！活该！

不甘心是他内心巨大的阴影，而自责，是藏在阴影里头的大窟窿。终究，他还是责怪自己的。

失业对男人而言是巨大的失落，尤其是那些将生命完全倾注在工作上的人。而社会评价男人的目光，也总是落在工作的成就上。失业，便失去了目标、失去了力量，更失去了存在的光芒。

从愤怒、忧郁到黑暗

有一天，女友问："我有个朋友问我有没有兴趣接手她台东的民宿，我们一起去做好不好？"

语气里有刻意的热情，但被他冰冷地拒绝了。

她维持着温度说："民宿前面就是沙滩，我朋友说，坐在房间里就可以看见海，只要你抬头，海随时都是你的。清晨，阳光也会透入整个房间哦！"

女友仿佛说着希望，却提醒了他的失败无能，刺痛了他。他没有显露愤怒，反而畏光般地缩入阴影里。其实女友知道他内心对海的眷恋，想带他去喜爱的地方重新开始，但没想到在那沉积了半年的阴影里，他的心一摸就碎了。

"如果你愿意重新开始，不管是哪里，我都愿意陪你去。"女友不放弃地说。

"对不起，我只想留在这里。你走吧！海边很好，别再等我，耽误你了。"他用无法让人进入的黑暗将女友推开。

女友真的独自去了台东。而他卖了鲜少使用的车，也从两人合租的公寓搬到没有阳台的独立套房，拉上厚重的窗帘，将阳光隔绝在外。

拥有的东西，他一件件抛去，更疏离、更孤独，如封闭在深谷里。

失业太久了，他对外的愤怒逐渐熄灭，只剩心中的焦黑荒芜。总是这样的，我们先用愤怒隐藏焦虑，等愤怒燃烧殆尽，忧郁便显露出来。然后，忧郁加深忧郁，黑暗又生出黑暗，他困守的山谷被一层层包围成无法透光的隧道，永无尽头——通往的，只有绝望。

在诊间里，他谈了太多的过去，仿佛躲在过去里就可以回避未来。而他为何如此害怕面对未来呢？

过去与未来是一条延续的路，过去如影子投射向未来，而对未来的想象又重塑了过去的记忆。我们就在其间被拉扯、被挤压，也被困住。

往前走，隧道总有尽头

我想起另一位失业的个案，真的如电影《东京奏鸣曲》中失业的男主角，每天穿着西装出门，到图书馆或超市逗留，佯装工作如常，欺骗社会的目光。

而他是留在黑暗里，逃避着世界的目光，留久了，就真的以为这世界永无白昼。

"不可能改变了……不可能好起来了……不可能走出去了……"他这样想着，坐在狭小的房间里抽烟，成为忧郁的俘虏，放弃了从黑暗中脱困的希望。

但，他真的不想重回阳光吗？

他不是害怕阳光，而是害怕阳光像过去那般再被夺走。他憎恨海，因为海曾经无情，而未来也必然如此。过去的伤就如此反复地痛；而反过来，对未来的绝望也加深了他对自己的失望，他更确信，是自己的无能迎来了这不会痊愈的伤。

自责、自我放弃，再加上矛盾的"自我惩罚"——忧郁的隧道就如此不断地延长。越走，走入的黑暗却越深，最终让他放弃了前进，自囚于其中。

"你搭过南回铁路吗？"我问。

"或许吧，很久很久以前了……"他摇摇头，呼吸里是浓浓的烟与尘埃的味道。

我开始说："小时候，南回铁路刚通车，老师特地带全班去体验。我还记得老师要我们数总共通过了几座隧道，其中那条最长的隧道，还要我们计时花多久才能通过。那时候是全台湾最长的隧道！我不记得花了多久，只记得比我预期的还要漫长，时间越走越慢，黑暗好像在跟火车赛跑，一直往前延伸……"我看着他的眼睛，像隧道一样黑，"那种感觉很奇怪，明知是隧道，却还是会隐隐感到害怕，开始怀疑：我们真的能够穿出隧道吗？仿佛我们就要被困在巨大的山脉底下，永远走不出来了。"

我停了一下，继续说："当然，最后我们还是出来了，或许是因为紧接着黑暗，阳光仿佛更灿烂，海也更蓝了。长大后，每次进入这些隧道，那种不真切的感觉还是会隐隐浮现，只是我已经拥有了更多阳光与海的记忆，鲜明地存在着提醒我，让我知道隧道总有尽头，而我们不会被困在里头。"

"是吗？"他怀疑地问。

"是啊！现在的你，就像是困在人生最长的隧道里，眼前是永无止境的黑暗，就是那种错觉让你产生绝望，停了下来。但往前走，隧道是有尽头的，也只有往前走才能穿过黑暗。我知道你没有真的遗忘海，你闭上眼睛想想，它就在那里，在隧道的出口闪闪发亮！"

我说着，也看见了记忆中的那片海。

🔅 关系修复的开始

又过了半年，女友拨了电话给他，说民宿终于安顿好了，有了空闲。

"你还记得台东的海吗？你听……"

电话那头传来海潮的声音，一波一波流入他耳里。

他崩溃地大哭，对女友说：

"对不起！我好想你……"

他走出房间，搭火车去了台东。

📖 爱的领悟

男人从台东回来后，来向我道别，说要到靠近日出的地方，重新开始。

"台东的海还是一样美，尤其是在阳光下。医师，你有空也来看看，不要只是回忆。"他晒黑的脸上露出了笑容。

"不只是海，你女友也一样温柔啊！"我笑着说。

"是啊！真正像海的，或许是她吧！对了，医师，我有特别注意通过那隧道要花多少时间。你猜是多久？"

"哈哈！你还真的算啊？结果是多久呢？"

"一年，花了我一年。但就像你说的，隧道是有尽头的。"

他的眼里发出光芒，像隧道尽头缓缓绽放的那朵阳光。

地图男人

他凡事都照着规矩走，其实是在逃避

"是怎样的问题呢？"我看着眼前的男子问。

他三十岁出头，鬓角很干净，头发也整齐地抹上了薄薄一层发蜡，没有一丝凌乱。

"我觉得我有强迫症。"他说。

"嗯？怎么说？"我邀请他先开口，想听听他的苦恼、担忧，还有他所以为的"强迫症"是什么模样。我们习惯于使用"强迫"这个词，来描述一些过度且令人感觉压迫的要求（无论是对他人还是对自己的），但大多数时候，这些都不是真的"强迫症"。

"医师，你喜欢看地图吗？"他迟疑了一会儿才问。

"嗯……看地图是蛮有趣味的，但我不确定你说的'喜欢'是到什么样的程度。"他用问题回答我的问题，我有些讶异，却又更加好奇。

我在脑中先将"强迫症"的诊断地图重游了一遍：强迫性的想法或行为，为了某些理由或免除焦虑而反复出现，超出控制、霸占生活，且带来了极大的痛苦。

在会谈过程中，我们看似随意地走，其实心中是有张地图的，这张地图便是各种诊断的"准则"，让我们有所依循，能在复杂纷乱的行为与思绪间发现路标，不致迷途。比如：强迫地洗手以洁净无形的肮脏，强迫地检查以避免想象的危险，强迫地重复某种仪式以驱赶心中的恐惧，这些便是典型强迫症的地图。

然而同一张地图，每个人行走的痕迹却不同。在诊间我们已遇见过各种独特的强迫症，也不断从个案的苦痛中认识新的强迫症面貌。他说的"地图"，与强迫症真的有关联吗？

"我很喜欢看地图，喜欢到……我女朋友说我有点疯狂。"

"疯狂？嗯……你先说说看。"

他拿出一个笔记本，仿牛皮封套上印了张地图。翻到事先整理写下事项的那一页，他开始像沿途播报地名般逐条述说。

我在心中有了模糊的印象——这种巨细无遗，通常是一种焦虑的表现。

⌬♡ 向前一步，更贴近彼此

地图的世界，并非真实世界

他爱地图，甚至对地图成瘾。

家中墙上挂满了世界各地的地图，收藏在柜子里的更多，壁纸也特意找了地图的花样。坐在客厅中，城市恍如美丽的压花，街巷更如细致的脉络浓密地攀行于墙上，围绕着他。

无论到哪里，他都要收集新的地图，对他来说唯有地图，城市的脸才能完整而清楚地烙印在上面。

因为对地图成痴，他毕业后干起跟研究生专业无关的导游工作。每到一个新城市之前，他总要找来最详尽的地图反复研究、熟习每个热门景点与冷僻角落，没读过地图的地方，他是不会去的。但他的热情也只留在地图里，对实际踏上的土地却疏离淡漠，他一成不变地向游客背诵着景点的导览——这只是一份应该完成的工作，只因这些地方必去、该去，这样才完整。

他不只渴望拥有地图，更爱"看"地图。沿着一条路，穿针引线地将地名与脑中的影像缝合起来，深入、拉远，完完整整地看，一不小心就是一个小时。

他觉得只要用目光，便可轻松而自由地在地图上做最安全的冒险。世界一览无余，没有未知也没有意外，一切都画在地图上，地名、方位、距离与边界都凝固在那里，比真实的人生顺畅也安心多了。

"不会堵车，也不会迷路。"他说。

但我不禁猜想：如果他都行走在地图里，那真实的世界反而是陌生的吧？

依恋地图，逃避现实焦虑

"你是从什么时候开始迷上地图的？"我问。

"小学吧。以前打电动游戏的时候不是都有张地图吗？随着破关，藏在阴影里的地图便会浮现出来，然后就有新的宝藏要去寻找。那时候我就发现，将地图完整展开、走遍每个角落和收集完所有宝物，可以带给我很大的满足。"

他口中的"完整"仿佛填补且安定了他的心，却让我感到冰冷空虚。

"你会因此觉得痛苦，或者想摆脱掉这个嗜好吗？"

他认真地想了一会儿，重新翻阅他的笔记："应该没有。说实话，我还蛮乐在其中的。留在地图里，我比较快乐，也比较放松。"

我发现那个笔记本就像是他的一幅小地图。而他在生活中似乎也是如此，必须怀抱着某种地图，严谨地依循，才能彻底安心。

几乎没有任何强迫症患者喜爱自己的强迫症状。如果他厌恶地图，开始认为是荒谬的焦虑迫使他去观看地图，而这反复过度的亲近犹如绑架，让他感到痛苦，那么他才真的走入强迫症的诊断里。他没有疯狂，也没有强迫症，但他对于地图的渴求显然来自某种焦虑——这份焦虑来自何处呢？我们得另外找路了。

"你觉得……地图为什么会让你比较快乐、放松呢？"我问。

"安全感。"他不假思索地说，"看着地图，我能够事先规划路线，随时掌握自己的坐标，知道终点在哪里、路还有多远，永远不会迷失。"

而这些，都是现实里没有的，所以他才如此依恋地图来逃避现实中的焦虑吧！就像他不断告诉我的，地图是完整的象征，而这个有限的完整隐藏了不确定性，带给他无可取代的安全感。

但如今，他无法再逃避了。

"你的问题听起来已经好久了，为什么选择今天过来呢？"我皱着眉问。

"嗯……其实，我准备结婚了。"他叹着气说。

人生的仪式

有心理学家认为结婚是一种仪式，让我们可以从人生地图的一个阶段顺利过渡到另一个阶段。

毕业典礼、坐月子、满月、葬礼……我们需要太多仪式来化解人生的焦虑了，仿佛通过了这些，疑惑便得以安息。然而，这些仪式本身却也成了焦虑的来源：不为，便触犯了禁忌，自此被耳语纠缠，受自卑、亏欠与罪恶感诅咒。

我不禁困惑，这些"不得不"的仪式不正是一种集体的强迫？除了免除焦虑外，我们思索过其中的意义吗？

每个人的人生地图其实都不同，都有人迹罕至之处，也都有遗憾。跟着人群走或许不会走失，却会迷失。

在那偌大地图里迷失的，也许不仅仅是他而已。

我们才是自己人生的主角

如果无法完整看透，危险就会从未知与阴暗处冒出来，所以他将所有的事都想象成地图，连人生也是：从起点到终点，在地图上连成一条最近也最顺的路线，如此按照既定的行程前进，就安全而完整了吧！

一路上，他顺畅地拍照、打卡，不问为什么，时间到了就往下一站前进，渐渐地，地图上有了学校、银行、停车场与屋子……接下来，该是教堂了。

他求了婚，女友欣然答应，两人开始筹备婚礼，女友也搬了进来，准备经营共同的家。然而随着相处紧密，她开始介入他的生活，希望换掉客厅的壁纸，撤掉让她眩晕的地图。

女友要他将留驻在地图上的目光收回，移至她身上。他无法答应，但也没勇气拒绝。

"你疯了！你想娶的根本就是地图，不是我！没有地图，你的路就走不下去了吗？"女友失望又愤怒地撕裂了他的地图。

照规矩、按部就班，其实是一种逃避的行为，不问也不想，逃开了怀疑又避掉了焦虑。

躲在那个制好的框架里，纵然身不由己，却也理直气壮，那是整个社会应允的护身符。

这么做乍看会以为是前进、是追求，因而男人很容易以此来逃避——逃避选择、逃避责任。

就像对他来说，整个人生就只是一大张由任务串联而成的"标准地图"，这些任务都是被指派与设计好的，有范围、路线和指引来完成他的范本人生。

但其实这是一种企图控制不确定性的方式，也是一种逃避，抛弃了所有自我与热情，只求完成就好，就安心了。

然而，人生终究不是一张地图可以画尽的，不确定性也无法因此而回避。

人生不是旅行，是探险；相遇的人不是静置的标志，而是流动的风景。

关系修复的开始

"你想过为什么要结婚吗？"我问。

"不结婚，可以吗？"他像弄丢地图般茫然地问。

跟许多人一样，他从没真的想过，因为地图上就是这样画的。为什么要组建家庭？为什么要生养孩子？这些问题其实很复杂，也或许没有标准答案，然而他真正的问题是他从不去思考这些。虽然明明是自己人生的主角，但他仿佛置身事外，没有情感也没有联结，更没有自己的欲望与气味。就像埋首地图，却从不抬头欣赏风景。

"结婚，不是一个人的事啊！"我叹了口气说，"过去你一个人旅行，还可以不关心这个世界，但女友进入你的人生后，便是陪伴你行走的人，而不再只是你的地图的一部分。接下来的路线，是你们两人要共同讨论的……"

他不能再自私地决定一切，或自私地不决定一切。

"我开始想，真的要结婚吗？我有点害怕，怕自己没跟上，又怕自己走错了路。"他终于坦诚地说。

路断了，焦虑横阻眼前，但我想这对他来说或许是好事。焦虑，永远是通往自己内心的指引。路断了，他终于可以停下脚步思索自己的方向，不再茫然地追着地图赶路。

女友撕毁地图，也撕毁了婚约。而他呢？

"我辞掉导游的工作了。"他说。

他想回头看看，回头找路。我祝福他："终于要开始画你自己的'地图'了啊！"

♡ 爱的领悟

男人跟着地图走，最后还是迷失了，毕竟那样的路线是不存在的。但现在他没了那些制约，反而可以走入真实世界。

他必须走入自己的内心，让欲望与渴求成为探索人生的磁针，指出他的自我与方向，如此才能与世界、与人产生联结，而联结不就是道路，不就是滋长地图的河流吗？如此描绘出的地图虽无法穷尽所有，却是独特且专属于他的，也才是真实的。

以前老师常告诫我们，会谈时，不要一味跟着地图走，而要跟着个案走，如此描绘出来的面貌才真实。

或许，道理都是相同的。

找路的男人

忧郁需要治疗，也需要自己的接纳与盼望

大多数时候，我们都需要一个答案。

无论答对也好，答错也罢，有个答案便尘埃落定，该哭或该笑起码有凭据。就像是开关，把身后的灯关了再打开前头新的那一盏——让某一段人生告个段落，收拾收拾好继续上路。

人生有太多疑惑了，我们只好不停地问。能做的，归自己的，我们咬牙地做；做不了的，归命运的，我们认命地求，但至少要告诉我们该求神还是求己！

所以，他跟许多人一样问我：

"为什么会得忧郁症？"

❤ 向前一步，更贴近彼此

这世界太不真实

他是个出租车司机。

严格来说，他"现在"是个出租车司机。

每天清晨五点，他便到火车站前排班等第一班列车的旅客。啜一口咖啡，他将古典乐旋至最私密的音量，看了一眼四周，前后的车子都是淡黄色的，自己的车子也是，像成列等待被取用的小蛋糕，都是一个模样。

当初何必为了白色还是银灰色犹豫那么久？最后还不是没得选择。

他歪着头从后视镜里看着自己，为了避免阳光的照射换了变色镜片，除此之外，这张脸似乎没什么改变。这是一张"出租车司机"的脸，他在心中自语，像是在向别人介绍镜里的陌生人——

世界突然安静下来，仿佛一瞬间被抽空，他觉得这一切好不真实。

后头的车子按了下喇叭提醒他往前移。吃蛋糕的人来了，像麻雀成群拥出车站，他也醒了过来，轻踩油门缓缓滑动。人生啊！有空位就得继续前进。

但半年了，还是有些不真实。

这个看不起他、他也看不起自己的地方，不真实得如一场噩梦。

说不出口的忧郁

原本他是位一年一聘的流浪教师，四处代课。刚毕业的时候，觉得这样也算自由，但久了，他终于明白流浪的意思。

自由是有选择的，而流浪没有。

教师资格甄选考了三次，他还是没办法把考试跟教学分开，只要想到正在被打着分数，涌出的自卑与焦虑就让他僵硬得说不出话来，最后他放弃了，继续流浪。但是后来代课的职缺越来越少，不然就是越缩越短，有时只代一两个月产假的课，又得空个半年。

他逐渐与同学疏离，变得封闭，代课的信息传不到他这儿，他也觉得自己是刻意被遗忘了。

"他们大概觉得有我这个同学是个麻烦吧！"他不由得这样想。

他生于一个教师家庭，哥哥是大学讲师，妹妹在幼儿园教学。从学校退休的父母动用关系帮他找了几个代课机会，但他拒绝了，因为那不是自己争取来的，还对父亲说："我早就怀疑，自己真的有当老师的能力吗？"

父亲生气地撂下狠话："我家的孩子没有不能当老师的，不然就不是我们家的人！"

面对这样的否定，他更无法启齿，他怀疑自己有忧郁症……

有一天，母亲唤他："明天没事载我去医院吧！有空先把车子洗一洗。"他顿时发觉母亲的声音苍老了许多。

车是他毕业时母亲买的，说是他四处奔波考试，有辆车比较方便，但后来试没考上、工作停滞，连奔波的地方也没有，他就很少开了。

这天他将车子上厚厚的尘土擦去，洗净后的车子打了蜡如新生般光亮。发动了引擎，握着方向盘，他心中想着不能就这样停下来。换一条路或许就能前进，然后，忧郁就会好了吧。

从流浪到流放

"爸，我决定了，我要去开出租车。"他鼓起勇气告诉父亲。

父亲气得直骂："疯了！疯了！"

而母亲只说："也好……"听来更加苍老了。

车子喷上淡黄色的漆，他也有了新的身份，加入车站前长长等待前进的人生里。没想到换了一条路，自己依然跟不上。

他融不进新的生活，总觉得其他司机用异样的眼光打量着他。过去虽短，却成了印记与包袱，大家知道他曾是老师后，总爱用这件事来嘲讽他。

"老师好！"大家故意起身弯腰敬礼，然后哈哈大笑。

"老师你听那个古典音乐太高尚了，我们都听不懂。"

"老师，我们就是不爱念书才会来开车，你不要来这边给我们上课哦！"

就这样，他搞不清自己是先被排挤，还是先自我孤立，总之一直没被其他人接受，而他也更接受不了自己。

没人邀他下棋，没人找他吃饭，没人提醒他火车改了班次，只有他出了问题时才群起讥笑他。

开车其实不是简单的活，他对旧地名、老地标不熟，好几次走错路，找不到地方。导航没说的小路快捷方式，他不敢冒险，也因此被赶时间的乘客指责绕路。这些事在排班的司机间渲染开来，大家看到他便刻意大声说笑。

"这不能怪他啦！大学没教开出租车啊！哈哈哈！"
"难怪啊！他这样可以当老师，那我就可以当校长啦！"

无论老师也好，出租车司机也好，他两个角色都做不好，都被看不起。当初只是流浪，现在却像是流放于成群结队前进的世界之外，他找不到方向，也找不到归属！

他越来越自卑、低落，每天都想逃离，勉强撑着在淡黄色车列中出现，速度却越来越慢——直到有一天，世界彻底崩解了……

天崩地裂的那一刻

那天清晨，他突然不认得后视镜里的那个自己！他好累，无法再扮演谁了，甚至连人他都扮演不下去了。

前头没有路，麻雀叽叽喳喳都在嘲笑他，天色暗得可怕，阴郁如末日般重重落了下来，他的身体无法移动，什么都停滞了……后头的司机不断按响喇叭，他手搁在方向盘上，却茫然望着前方一动也不动。所有司机都围了上来，像一团麻雀在他耳边争食，越来越近、越来越密，他捂起耳朵，找不到缝隙呼吸，突然像个黑夜里迷路的孩子，放声大哭。

他被送到急诊室，打了针，也约好回诊。

但过了很久，他才出现在我面前。

"这种情况，是忧郁症。"

一听我说出这个诊断，他紧缩的肩膀瞬间垮了下来，是放松，也是无力。他早料想到了，却又抗拒着，而我残忍的宣告仿佛同时捏熄了他的不安与希望。

他接着问：

"为什么会得忧郁症？"

"你自己是怎么想的呢？"

"是不是我意志力不够？"他看着我，等待我再次证实他的猜想。

"怎么说呢？"

"因为我没能坚持下去，我太在意别人的眼光、太想逃避，我……"

其实我很难回答他的问题，不管归咎于自己或怪罪命运之类的外力，都会掉入二分法的陷阱。对于忧郁的他而言，前者会让他继续自责，而后者则将让他彻底放弃。

他跟许多人一样，觉得忧郁症代表着软弱、自寻烦恼、智慧不够……总之，是自己的缺陷所招致的。

的确，当身边的人总是轻描淡写地说着"放下""别想那么多""你只是太爱钻牛角尖而已"，我们很难不去这样怀疑自己，仿佛那忧郁症是虚构的，而忧郁全然是自己选择的。

然而，忧郁症的生成不是单一因素。基因、先天气质、成长环境、惯性思考、慢性压力、突发的创伤……种种因素交织串联，先埋了伏笔，接着若隐若现地铺陈，最后在措手不及的时刻，忧郁从黑暗中登场。

所以忧郁的生成是长长的一出戏，是人与命运跌跌撞撞，又若无其事地走了一大段，最后才一起跌入一个窟窿。

是意外，也不意外。

忧郁，常被否认或隐藏

在《疾病的隐喻》一书中，苏珊·桑塔格谈论了肺结核、癌症、艾滋病，这些疾病背负了罪恶、妖魔、惩罚、堕落的隐喻，而软弱、意志失败、压抑或失控的情感，也都曾被指控是导致这些疾病的心理因素。为何书中未提及忧郁症？我疑惑许久。

后来我才明白，忧郁从不是隐喻，而是"明指"——明指着精神上的脆弱，毫不遮掩也无从回避，这也让忧郁很难被视为一种疾病去讨论。忧郁本身就是黑的，不需要影子，也因此，我们否认它、隐藏它，仿佛看不见，忧郁就会消失，最终却放任它在黑暗中膨胀，吞噬了我们自己。

自傲又自卑的男人尤其如此。

统计数据告诉我们女性罹患忧郁症的比例较高，却也仿佛告诫着男人："你没有可能也没有资格真的得忧郁症。那只是多想、只是借口、只是你一时的软弱！"

过去，我们将忧郁症分为"内源性"与"反应性"，暗示着生理性与心理性的差别。但这种"二元性"的分类逐渐被舍弃了，因为忧郁不是可以被一道墙那么单纯地一分为二的，而是复杂的生理与心理因素交织堆集而成的。

忧郁的扭曲想法，就像有故障的方向盘

忧郁就像纠结的一团毛线，用力抽出了任何一端，都只会让它变成死结。我们要做的应该是将困难的部分认清，然后在能够努力的部分拉开一点、松开一些，慢慢地让结解开。

那"自己的想法"，究竟属于哪一部分呢？

的确，忧郁总伴随负面的想法。比如：自己没有价值，世界缺乏善意，未来失去希望……因此许多人会说只要能改变这些想法，就能摆脱忧郁，就像走错方向了扭转回来就好，忧郁了，往光明的路开去就好。

是吗？

脑中的想法，真的能像操控方向盘那般自由、简单吗？

那如果方向盘坏了呢？

"如果想法本身就扭曲了，你要怎样去修正？就像握着有故障的方向盘，你越急着想要拉回正确的方向，反而越驶向错误的那一端。忧郁的负面想法就像偏移的方向盘，你只顾用力，却对不准方向，最终还是驶入黑暗。

"这阵子的你，不就是如此吗？想要控制负面的想法，但它们还是一直涌出，于是你更自责、更忧郁，更觉得那些负面的想法是对的，并继续以负面方式来解释这一切，因为你的想法从头到尾都因忧郁而扭曲了。"

我试着让他了解，忧郁症是需要治疗的，正如出了故障的方向盘是需要修理的。

出了故障的方向盘，需要修理

"那我还能做什么呢？"他负面的想法让他感到"无能为力"。

"方向盘修好之后，如果没有靠你自己掌控好方向、踩踏油门、车子还是无法继续找到出路前进的。"我说着需要他自己尝试的部分。

"那……我还适合当出租车司机吗？"

"我也不知道，或许该等你自己寻找答案。"

许多疑惑其实都没有最终的答案。就像迂回的人生，每个目的地往往都不是终点，我们只能转动方向盘，一边寻找方向，一边继续前进。

关系修复的开始

过了好一阵子，他重回驾驶座，握紧了方向盘后缓缓起步，慢慢回到了路上。

他还是继续当出租车司机，依旧怀着疑惑，却不再那么茫然了。他自在地听古典乐，自在地用网络地图找新的路，自在地与其他出租车司机相处，看见了彼此的可爱。

过往那些艰难阴暗的道路，似乎有了不同的风光。

"有些乘客还会问我听的曲子是什么呢！"他兴奋地说，并拿出手机拍的一张照片，那是加油站的招牌，上面写着：

"自助加油，自己为自己加油！"

"我还可以帮自己加油哦！"他微笑着说。

♡ 爱的领悟

　　面对忧郁，就如同面对命运，我们不是那么全知全能，但也不是那么无能为力。无论忧郁是什么造成的，它已落在自己身上而无从逃避，我们需要治疗、需要关怀，也必然需要自己。

　　那个需要自己的部分便是属于我们自己的，或许是信心、温柔、接纳，也或许是盼望。

酒精男人

酒麻痹了痛苦，却也夺走了希望

内科医师用探头在他胀大的肚皮上滑动，指着屏幕里粗糙的黑白颗粒说："肝硬化了！你看，旁边这一大片黑是腹水！"

他听了没什么特别感觉，倒是肚皮有点冷，想再喝些酒暖身。他笑着说："难怪，我就想我喝的是高粱酒，怎么会有啤酒肚。"

"你一定要戒酒，不能再喝了。"内科医师劝说，但他不置可否。

他被转诊过来，说是要戒酒。那是我们第一次见面，在诊间。

❤ 向前一步，更贴近彼此

戒酒的动机，如转瞬的火光

他一个人来，除了血液与呼吸里的酒精，没有人陪伴。

　　缓缓地，他迈着虚浮的步伐走了进来，面容消瘦、眼睛黄浊、呼吸里还有浓浓的高粱气味。酒精似乎放慢了一切，他从低垂的眼皮后看着我，心思恍惚飘荡着，总是延迟几秒才有响应。

　　酒的害处他知道，但酒的好处医师不懂。只要有酒，肚里那一片黑再大，他也不怕。他没真的担心这副身体，也没真的想抛下酒，但他想，就试试吧！

　　只是，习惯能改吗？日常能断吗？酒给他的暖和及陪伴，还有什么能够取代？

　　"我喝酒……很多年啰！醒来我就喝，睡前要喝，渴了我也喝，够着什么我都喝。"酒成了日常，于是他越喝越多、越喝越浓，世界模模糊糊的，身体也仿佛不是自己的。

　　"会担心你的身体吗？"我问。

　　"医师，老实说我不怕死，我只怕没酒喝！"他浅笑着说，像是在说一个严肃的笑话。

　　戒酒需要动机，即使只是转瞬的念头，如果能捕捉到，那便是力量的源头与改变的开端。但瞬间的火光往往稍纵即逝，未来又陷入他熟悉的黑暗，于是他停下来，先喝口酒，反正就像他说的：只要有酒，他便不怕黑。

　　的确，他还没找到真心说服自己的理由，那火光太微弱了，不像是黑暗中的出口，并没有带来盼望。但偶尔火光闪烁时，他还是会抬头看一眼，然后才低头继续喝酒。

许多人跟他一样，都是怀抱着这样的矛盾守着酒瓶——虽然离开酒才能清醒，但清醒地面对黑暗又太痛苦。谁有把握能走出黑暗？还是别离酒太远好了，免得失温。

那他的黑暗，是怎么形成的呢？

轻飘飘的陷阱

"我以前可是个建筑师，盖过很多厉害的房子呢……"他醉醺醺地笑着说，像是自夸，又像是自嘲。

他退伍后便进了事务所，跟大学学妹结了婚、生了一双儿女，也慢慢打稳了事业基础。几年后，同学邀他合伙创业，他对自己的能力有信心，没怎么犹豫便答应了。

而酒便是在这时渗入了他的生活。同学喜爱应酬，对他说："这样才能拓展人脉、增长业绩啊！只要黄汤下肚，客户连心都打开让你盖房子！"一开始他很排斥，觉得把作品经营好，自然能赢得口碑。但后来同学耍苦肉计，央求他去帮忙挡酒，他推辞不了，也就开始跟着去。"没想到一杯下去，我就爱上了。"那天来看诊前，他又喝了点酒，情绪像吹饱的气球般飘飘然，在诊间浮夸地说着与酒的"恋爱"。

他本来是个无法放松的人，认真谨慎，对人、对事与对自己的要求都很高。而酒神奇地把他绷紧的神经都松弛了，如毛巾扭转的身体被柔软地摊开来，肩膀上的重量轻了，胸口上的重量也轻了，整个人就像漂浮在水面上，无忧无虑地徜徉着。他从未如此放松过，脸红红的、心暖暖的，迷恋上了酒的魔法。他说，恋爱就是这样，感觉对了，一次就逃不开了。

就像他跟妻子的第一支舞。

刻骨铭心的第一支舞

他和妻子是在大学国标舞社的迎新舞会上相遇的，当音乐响起，男生们便从广场中央走向周围，邀请坐着等待的女生共舞。而他一眼便寻到了她，抬头看见她柔亮的眼睛，他一瞬间就醉了。

虽是国标舞社，第一首曲子仍是传统的《第一支舞》，他的身体还记得练习了数十次的舞步，心却不停旋转、眩晕，只能依靠女孩明亮的眼睛才不致迷失方向。后面的华尔兹、探戈，全乱了节奏，反而是女孩紧抓他的手，领着满脸通红的他在月光下继续旋转……

第一支舞后，女孩成为他世界的中心，他绕着她不停地旋转，终于转入她心中，彼此成为最亲密的舞伴，约定在人生中共舞。女孩的眼睛像是不灭的火光，领着他毫无畏惧地前进，舞入了未知与家庭。

直到酒真的灌醉了他，他变得脚步凌乱且眼神恍惚，再也看不清妻子忧虑的眼睛。

当酒精魔法失效……

酒的魔法虽神奇，有效期却很短，酒退之后，焦虑反而汹涌地涨潮，将他淹没。

"渐渐地，我喝得比我朋友还多了啊！后来我连应酬也不去了……"因为他常独自饮酒，喝酒不再是社交，而是他自己与酒精的交流。然而，魔法的代价是难以摆脱的诅咒。他开始身体疲倦、眼神失焦，工作无法胜任，情绪也开始失控。酒精让他有时过度亢奋，有时紧绷不安，有时甚至变得暴躁易怒，就像气球胀得太满了突然爆炸！

妻子劝阻他喝酒，他便生气大骂女人家不懂男人的压力！妻子想伸手拉他一把，他便逞强嚷着自己没醉，甩开了她的手，摇摇晃晃地挣扎几下又跌入了酒的怀抱。

就像踏错了一拍，后头的舞步也跟着凌乱，酒让一切都陷入了恶性循环。工作上错误增加、压力变大，他便喝更多的酒；但是接着情绪更不稳了，与妻子的冲突也更多了……

"不要再喝了！你这样已经变成一个我不认识的人了，我好累、好害怕……"

"谁变了？是你变了吧！你的心变了就说啊！"

那一次，妻子夺过他的酒瓶，他抢回来后竟砸在妻子脸上！泪水、血水与酒混杂着流淌在妻子忧伤的脸庞，孩子的哭声远远地传来。他既害怕又懊悔，不知道为何会变成这样。但他什么都没做，只是继续躲回房间喝酒。

他不放弃酒，妻子只好放弃他。妻子放开了手诉请离婚，只带走一双儿女，其他什么都不要。但其实他也没剩下什么了，手里只有紧抓的酒瓶，让他成天醉醺醺地上班，丑态百出，甚至在客户面前发酒疯！同学忍无可忍，给了一笔钱请他退出，而他也很干脆地离开了，反正一无所有，没什么好损失的，多了一笔钱正好可以买酒。

然后，腹里的黑水慢慢地涨潮了。

火光一一熄灭，黑暗就这样形成了，那曲终人散后孤独的黑暗。

不一样的火光

每次他出现在我诊间，我总是多唠叨一些，想陪他从痛苦里寻找盼望，让他相信自己没有酒也能远离忧伤，而且那才是真正的远离。但除了烦人地说着酒精的害处、药物的使用方法，还有那些遥远的治疗目标，我从未真的说服他。他断断续续地停过几次酒，但大多是被迫，像是酒驾、意外住院。

不过那一次，总算有了不一样的火光。

"医师，你知道吗？我在广播里听到我和我……前妻跳的那首《第一支舞》，然后这几天我都没喝酒了。清醒的时候，世界好像不太一样了！"

不喝酒的日子里，他的躯壳内才像有灵魂，眼神比较专注，脚步也比较踏实了，虽然痛苦跟着苏醒，忧伤也依然，却有了力量。

我紧抓着这罕有的间隙，请他也抓紧力量，别再让酒将他拉回黑暗。

"酒让人迷恋，尤其是在痛苦的时候，只要一口，痛苦就轻了，迷恋的感觉就回来了，然后你就会想让它再轻一些、再持久一些……所以当你喝了第一杯酒，你一定要求助，想办法阻止自己再喝第二杯。"我试着跟他讨论一些具体的做法，避开酒的陷阱。

"有用吗？感觉对了，一次就逃不开了吧？"

他笑着点头说，算是答应了。

熄灭的盼望

那一段停酒的日子，他试着去挽回前妻，但被拒绝了。多年不见，孩子已经长大，妻子辛劳地独舞，孤单却平静。然而，她还没信心能将他从酒的身边拉开。

妻子的担忧是对的，但他也因此给了自己再喝酒的理由。既然家庭已经无法挽回，还有什么好害怕或盼望的呢？于是他喝了第二杯、第三杯、第四杯……就像卖火柴的小女孩在寒夜里擦亮一根又一根的火柴，点燃幻梦，等待死亡。

"只要我不放弃酒，酒就不会放弃我，哈哈哈！"他醉醺醺地笑着说，高粱酒味已变成廉价米酒的味道。

酒给的安慰很短暂，却很真实。它或许不是好朋友，却成了唯一的朋友，信守承诺地麻醉内心的痛苦，麻醉一切。

关系修复的开始

最后一次见到他是在住院病房，他因为身体恶化而意识不清，产生了幻觉。走进病房，见他四肢被束缚在床上，脸朝天花板，仿佛凝视着某个不存在的东西。

陪病床上一名身形纤细的女子连忙站起，看起来有些憔悴。

"你是……"我对她点点头问。

"我是他前妻。"她答，然后像怕被误会般地紧接着说，"医院说联络不到他的亲属，打电话来说要找他的小孩，但孩子们都不愿意来，我便想先来看看——"

"鼓起勇气低下头，却又不敢对你说，曾经见过的女孩中，你是最美的一个……"他突然对着空气唱起歌来，一边唱，一边用双手拉扯着束缚带比画。

是那首《第一支舞》的歌词。

"先生，你在干什么啊？"我靠近他耳边问。

"我在跳舞啊！"他没有转头看我，继续沉醉在自己的舞蹈中。

"你知道你在哪里吗？"

"迎新舞会啊！你别吵我，我现在很紧张。"接着他继续唱着，

"只要不嫌我舞步笨拙，你是唯一的选择……"

"他为什么会这样？"前妻焦虑地问我。

"他这是谵妄，因为身体状况不好，影响大脑而产生了幻觉。"我稍微向她解释。

这是病况不佳的征兆。

"唉！他本来是个很好的人，但喝酒之后就变了一个人……"她伸手抓住了他努力摆动的手，俯身看着这个亲密却又陌生的男人，流下了泪来。即使在黑暗中，牵起了手便不会离散吧！

没几天，他便走了，据说孩子还是来了。

像卖火柴的小女孩，他燃尽了最后一根火柴——幻境消失，合上眼，他回到了最终的黑暗。

💙 爱的领悟

一开始喝酒是为了麻痹焦虑，后来变成麻痹忧伤，最后是麻痹任何真实的感受，飘飘然，踏在崎岖的路上也不觉得痛，待在黑暗里也不觉得孤独。

但酒只能麻痹，终究不能治疗。

其实当男人出现在诊间便带来火光了，戒酒的动机在底下蠢蠢欲动着没有死灭，而这不是别人可以给的，只能从他内心慢慢点燃。

身体的衰败、生活的崩解、感情的离散……这些痛苦往往就是动机的火种。

动机来自害怕，也来自盼望。害怕是害怕失去，盼望则是盼望能重新拥有，只因这些是我们所在乎且赖以生存的。

PART 3

美
王
失
去

LOSING & LOSER

单亲的男人

亏欠的爱太深，却也太沉重

他很憔悴。

即使不看脸，也可从沉重的脚步声中听出来：过度用力，但拖了拍子。

眼前全身紧绷、迟迟无法坐下的他，如一根悬在半空、裹着厚厚手汗、落到节奏外的鼓棒。

"您好。"我试着跟他对上拍子。

他看着我，僵在那儿半晌，才若有似无地敲出含混的闷声："嗯……"

"很紧张吗？来这里总会这样。要不要先坐下来，会舒服一些。"我缓慢而均匀地说，试着让节奏凌乱的他进入一种稳定渐慢的速度里。

然后，替他画上一个喘息的"休止符"。他坐了下来，还开不了口，我耐心地陪他留在沉默里。

这样的沉默是必要的，代表我开始倾听，也代表我们开始"交谈"，即使以沉默的方式。

他的眼神缓缓聚焦，开始从沉默中听见了我给的拍子。

"有抽烟或喝酒吗？"我逐步问着一些基本数据当作暖身，他跟了上来，终于有了比较稳定的心跳。

眼前的中年男子结实黝黑，眼里布满血丝，呼吸中有很浓的焦油味。他是个水电行老板，最近一个月，失眠越来越严重，烟也越抽越多，这两三天更是几乎没睡，呼吸跟心跳都乱了节奏。刚刚在店里，他突然追不上呼吸的速度，而心跳却感觉迟了，整个人像丢失了灵魂般感到恐惧。

"可以给我一些安眠药吗？我撑不住了。"说着，他的呼吸似乎又变得急促了一些。

"嗯，最近发生了什么事情吗？"我还是慢慢地说，不让自己跟着他快起来。没什么特别的，就只是慢慢说、清楚温和地说而已，像教堂那让人停下脚步的沉静钟声般。有时，只是专注听人说话，心就能平静一些，然后对方也就能跟着平静。

他呼吸慢了下来，胸膛的起伏逐渐缓和，无助地看着我说："我女儿不见了！"

向前一步，更贴近彼此

消失的女儿

"女儿不见了？"

我皱了一下眉，是苦恼，也是困惑。这听起来颇严重，也似乎不是单纯精神科能处理的事情。

"你报警了吗？"

"没有。"

"嗯，你慢慢说。"我暗示他慢下来，也是在提醒自己。

原来，他女儿不是真的不见，只是"不想让他看见"——女儿离家出走，消失于他的世界，然后他的世界便崩垮了。

他只有这个独生女。在女儿刚学会走路时，妻子因为他家暴离开了，他挽留不了妻子的心，只留下了女儿的监护权。

"那时我刚开店很忙，晚上下了工喜欢找朋友喝酒，醉醺醺地回家，声音大了，脾气也大了。有一晚，我太太正哄着孩子睡觉，叫我小声点，结果我一听就生气动了手……"

他戒了酒，怀着愧疚尽力去补偿另一半的空缺，努力学习照顾女儿的大小事。白天工作时请母亲帮忙，但晚上他一定都排开工作，帮女儿洗澡、吹头发、说故事并哄她睡觉。朋友都笑说："你女儿不是你前世的情人，而是你今世的情人哪！"

女儿上学后，男人每天亲自接送她上下学，任何活动他都不曾缺席，继续帮女儿洗澡、吹头发、说故事并哄她睡觉。直到某一天，小学二年级的女儿回家跟他说："爸爸，我已经长大了，以后我自己洗澡、睡觉就好。"

这时他才惊觉女儿长大了！他试着要高兴，但失落越来越浓。搬回了刚结婚时的主卧房睡，反而辗转难眠，总觉得房间空空荡荡的，太安静了。

几天后，老师告诉他，那孩子因为洗澡的事在学校被同学嘲笑了，好几次都难过得躲到厕所哭泣。他为自己的无知感到懊悔，自责地想，是他害女儿失去了母亲，而那个空缺是粗枝大叶的父亲永远不可能取代的……

虽然，女儿不再为此哭泣了，但他们父女间的相处却多了许多顾忌，他不敢再像以前那样自然亲昵地靠近，而女儿也逐渐变得疏离，越来越少主动找父亲说话，也越来越少走出房门。

做父亲的试着接受女儿的改变，望着女儿的背影，看她继续长大。而她，没让父亲担心，却也不让他关心。"父亲的角色或许都是这样吧？只能远远地默默看着。"男人自我安慰地想。

第一次在厕所垃圾桶看见卫生棉时，他不知所措，忍不住敲了女儿的房门。

门开了，女儿冷冷地问："什么事？"

"嗯……只是想看看你有没有什么不舒服……"他支支吾吾

地说。

"没有。我在准备考试，不要再来吵我了。"女儿冷冷地响应，然后用力反锁上门。

如风远扬的少女背影

女儿上初中后，要求自己骑脚踏车上下学。他站在门口，看她风一般地远离，几乎不认得那背影了，就像他不认得女儿听的音乐、读的轻小说和交的朋友一般。以前那个让他一边梳头发一边唱儿歌的小小背影，已陌生得几乎被风吹散了。

前年，为了庆祝女儿考上第二志愿的高中，他送了她一部智能手机，也替自己买了一部，二十岁出头的女店员还热心地教他玩脸书跟Line，说是这样才能拉近亲子间的距离。他开始练习拼音输入，每天发一些简单的问候或提醒给女儿。一开始，她还会简单地响应，一阵子之后，消息就像石沉大海。

他带着手机去问女店员，才知道什么是"已读不回"。但在女店员的帮忙下，他找到了女儿的脸书账号，那片小小的手机屏幕让他窥见了女儿门后的世界。不要紧，女儿不让他关心，但他可以偷偷关心女儿的脸书。

但就在一个多月前，他在女儿的脸书上看见了一张手牵手的照片。几天后，她说要跟班上一群女生去垦丁过夜，但跟着女儿的脸书却到了台北，有个染发又刺青的男生像是住进女儿的脸书里般密集地出现——屏幕里，男生坐在爵士鼓后，耍着鼓棒，像乐团的鼓手。

他开始怀疑了，但他还看不懂脸书的游戏规则，只是继续传消息问女儿垦丁天气如何。直到他看见了女儿跟那男生接吻的自拍照。

"她竟然骗我！我不是反对她交男朋友，但她交那个什么……打鼓的？看起来就是爱玩、不会负责任的！我怕她会被骗哪……"男人哽咽地说。

女儿有了真正的情人，而自己什么都不是。

同样的离去、思念与愧疚

他破了多年的戒喝了酒，等女儿一回家，就拿着手机质问她："这个男生是谁？"

她瞪大眼睛，紧咬嘴唇，最后愤怒地说："你偷窥我脸书！你果然是个变态！"

她有跟她母亲一样的眼睛、嘴唇，生气的样子几乎一样。他甩了女儿一巴掌说："你现在说话的样子跟你妈一样！"

"你不要以为我不知道妈妈是为什么离开的！你根本没变！"女儿抚着脸颊，瞪大的眼里满是泪水。然后，她也像母亲那样离开了。

他很后悔自己打了那一巴掌，他没再喝酒，但再也睡不着了。

女儿的离去像是妻子离去的重演一般：同样的酒精、同样的愤怒、以及同样的伤心。

其实他一直思念着妻子，对她的离去无法忘怀，因此，他很难不在女儿身上看见妻子的影子。怨恨、后悔、亏欠、爱……所有复杂的情感完全都投射到了女儿身上。女儿仿佛妻子的替身，让他可以忏悔赎罪，却又不断提醒着他犯下了怎样难以弥补的过错。

这个"父亲"的角色像是自囚，却也将女儿一同拘禁了。而这样的爱太深，也太沉重，于是女儿成长中的远离挣脱剧烈得如同背叛，让"已读不回"的爱，化成了愤怒。

但女儿终究不是妻子，她的离开是因为长大了、独立了，因为羽翼丰满了要练习飞翔。这与妻子的离开不同，却唤醒了男人相同的感受，他难以区分这些强烈的爱与恨来自哪里，又该安置于何处。

等待是值得的

"你知道她去哪里了吗？"我问。

"不知道。老师说，她还是会去上课，但她的脸书仍然一直出现她跟那个男生的合照。"

三天前，女儿贴了一张照片，他一阵眩晕，感觉有鼓声在耳朵里狂暴地敲着。

"医师，你看这个。"他拿出手机给我看，屏幕上出现的是两条线的验孕棒，上面写着："致未来的母亲。"

我看不懂，只能确定女儿知道父亲会继续看她的脸书。"未来的母亲"是谁呢？她想告诉她父亲什么呢？又或者，她想告诉自己什么呢？

在未经证实前，所有的猜测都只是猜测，而要证实的其中一个方法是"专注地聆听"。专注地聆听，等待对方愿意说的时候。

"我该怎么办？"他无助地问。

"先照顾好自己，好好睡，记得吃东西，然后就是耐心地等待。"我说，"孩子需要的是被信任。我们相信他们会长大、会离家探险、会受伤，但也会回家。我们只要让孩子知道，当他们想家的时候，我们会替他们开门；当他们在黑暗中迷途的时候，我们会在家里点一盏永不熄灭的灯。"

"我要怎么让她知道呢？"他问。

"她会知道的，就照你原来关心她的方式，继续那样关心她吧！因为你是真的爱她，即使她怀孕了也不会改变，不是吗？"

在安眠药的协助下，他勉强得到了休息。依照过去默默守候的步调，他继续传消息提醒女儿要注意天气变化、照顾好自己。

这样的等待有用吗？我不确定。但我确定的是，急迫的拦阻与追赶是无用的。那些伸出的手往往因太过用力而抓出了伤痕，追赶的姿态也往往充满情绪，如同驱逐、拒绝，于是孩子只看到限制与愤怒，而没有感受到呵护及关心。

一切最重要的，就是让孩子感到安心，相信无论他们如何流浪迷途、如何伤痕累累，我们都愿意等待他们回来。他们沉默时，我们就安静陪伴；想诉说，我们就愿意聆听。只要他们能够相信回家是安心的，就如同我们相信他们那般，那么，那些眼泪、伤口与痛楚，也就能慢慢被释放、收纳而平静下来，深埋进关系里头，成为联结的记忆与力量。

许多时候，孩子还没有足够的自信，但父母要对自己与孩子有足够的信心，等待他们成长。

等待是值得的，因为孩子是值得的。

💡 关系修复的开始

半个月后，单亲爸爸依然疲倦，但带着开心的神情回诊。

"医师啊，我女儿回来了。原来那支验孕棒是她朋友的照片，她故意贴上去跟男朋友开玩笑。"他说，"结果那个孬货！我早就知道他没担当，他吓得要死，逼我女儿去堕胎。我女儿也真笨，为他哭了一个星期。后来想清楚，死心了，跟他分手回家了。悲哀啊！我女儿不知道有没有为我哭过呢！哈哈哈！"

我也开心地说："哈哈，当初你也是很紧张啊！"

验孕棒的照片是个试探，也是一个迷惘的女孩想寻找依靠所释放的信号，而最终，是父亲通过了试探。在感情里试探是危险的，但或许在父亲的陪伴下，女孩能少一点迷惘，多一些成长。

"对啦！医师，你看这个……"他又拿出手机，秀出他与女儿的合照。两人笑起来的样子很像。

那些伤心过后，他们父女都变得更坚强了，而对待彼此却更温柔了。

♡ 爱的领悟

我常在想，当我们与对方的拍子错开时，或许真的只要继续守着稳定的节奏"等待"就好。

然而最简单也最困难的，皆在于此。

铁血男人

他要重新学习缺席的父亲角色

男人牵了一只黑狗进来，毛色油亮、体态结实的它仿佛与主人同步，脖子挺得笔直，高傲地以炯炯目光探察着诊间。

他坐定后，简洁而威严地下了指令：

"坐下。"

黑狗毫不迟疑便坐下，忠诚地抬头看着主人，等待下一个指令。

他的帽子上醒目地绣了代表上校的三朵梅花，时时刻刻在提醒着世界，还有他自己。

我那遥远的军旅记忆立刻被唤醒了：刚毕业的少尉医官不安地坐在气氛凝重的会议桌旁，全身紧绷等待着长官的下一个指令。

如眼前这只专注听命的黑狗。

原来有些过往永远不会消失，只是淡了，躲到说不明白的感觉里去了。我敏锐地闻见了这位上校的记忆、执着与阴影，是如何投射于他的内心与外在世界的。

诊间的片刻是生活的缩影，而医师与个案的互动，也往往是诊间外互动的移植，带入诊间，彼此投射，糅合成流动的光影。

上校没有低头看狗，只是伸手轻抚它紧绷的后颈，这让狗像听见了"稍息"般放松身体，驯服地缓缓趴下。

我也摸了摸自己的后颈，赶紧呼吸几口现实的空气，摆脱记忆里的上校，回到诊间。

对黑狗而言，他还是上校；但对我与现实来说，他已经退伍了。

那么，对他自己而言呢？

向前一步，更贴近彼此

威严的上校与焦躁的父亲

"你的狗很听话啊！"我赞叹地说。

"是啊！当然听话。"他也得意地答。

有人说狗会听话是训练的结果，食物与庇护教会了它们服从。也有人说是优胜劣汰的基因，一代一代地传承了以服从换取生存的天性。还有人说，是接近人性的情感让它们懂得依恋。

或许吧，在这驯服里，确实流动着深切的情感联结，仿佛超越了各种目的，只因主人的存在而存在。许多时候，狗狗真是比孩子还像孩子。

然而上校驯服不了的，就是他的孩子。

这让他焦躁到夜不成眠。

上校退伍后，受学长引荐进入颇具规模的物流公司当管理高层。"其实不管什么公司都一样，反正管的还是'人'嘛！以前我在军队里什么没管过，从武器、文书、薪饷、伙食、卫生到心辅，只要把人管好，没有什么管不住的。"

然而，从过去的军队到现在的公司，他管人、管狗都得心应手，偏偏管不了他初三的儿子！

孩子是驯服不了的

"我只骂官，不骂兵。你要当官，就要有觉悟、有本事，准备让我骂，只想当兵的，我不会浪费时间。"上校自傲地说。要求是期许，责备是关心，恨铁不成钢的愤怒则是爱，他信奉的就是这一套"铁血教条"。

"其实我很少真的动怒，不怒而威才是高明。不管是公司还是军队，我的下属都很怕我，我皱个眉头，他们就把事办好了。奇怪，在家里那小子就是不怕，还故意惹我发火！"他皱着眉说，确实不怒而威，眼神如火。

但我看见这火里头的气恼已烧着了他自己。

小时候，儿子跟着母亲同样臣服于父亲的铁血教育下，仰天看他呼风唤雨，立正听他训话，也乖顺地跟随他巨大的背影。但上了初中后，茁壮的他早已高过父亲老去的背影，开始不听上校父亲的话，这一年来更是变本加厉，染发、抽烟、交女朋友、跳街舞，搞得父子关系乌烟瘴气的。

做母亲的看着父子间连天的烽火，焦虑却也无能为力。威权的丈夫与叛逆的儿子，两个自尊自大的男人，这时是绝听不进她的话的。

至于上校，叛逆的下属他看多了，但叛逆的儿子他看不懂。他不知道自己的威风为何驯服不了儿子。"我那天只是拍个桌子，他竟然给我掀桌走人！"上校摇着头说。

他真的怒了，但威风尽失，儿子根本连正眼都不看他一下。这把火只能在他心口暗自燃烧，彻夜无法平息。

在这个家里，他被罢官了，没人对上校敬礼。他成天发着没人理会的脾气，但其实在那愤怒底下，是自觉无用的失落与孤独。

我开了些胃药和安眠药，才让他恼人的火稍稍降温。但我知道火是不会被轻易熄灭的。上校打了败仗，但显然不愿认输，且继续将家庭视为战场，注定了战火绵延。

孤独，是最可怕的东西

每次回诊，上校都牵着黑狗一起来，他说儿子放学后都跟朋友闲混，妻子又懒得理他，于是他也只能跟黑狗闲混。而黑狗总在一声令下后，乖巧地静静坐下。

"还是这么乖？"我总忍不住赞叹。

"对啊！只要我没说话，它绝对不会乱动。"

那为什么儿子就是不听话呢？我跟上校心中都在思索着同一个问题吧！只是问题出在谁身上，我们恐怕有不同的想法。我想多听听他的哲学，一方面是因为有趣，另一方面是想寻找问题的答案。

"有送去学校训练？"我问。

"没有！我自己教的。"他语调高昂地说。

"你还会训练狗啊？"

"当然，管得了人，还怕管不了狗？"威风的样子又回到了他身上。

他说，管人跟管狗的原则都一样：赏罚分明。赏的时候不吝啬，罚的时候不心软。只要原则贯彻了，赏的时候说服得了自己，罚的时候说服得了对方，大家就心服口服了。

"我给它吃上等牛排啊！"

"那处罚呢？"我好奇到底是怎样狠心的处罚。

"我不打人也不打狗，隔离就是最好的处罚。军中就是关禁闭，其实你不用打它、折磨它，孤独就是最可怕的东西。"

他像是在说着不容置疑的真理。

我却想起了他在家中的孤独。

他说话的样子的确有服人的威信，眼神坚定、姿态放松，无所畏惧。可以想象他在会议桌前是如何不怒而威，让所有有异议者都心服口服的。

但家中的饭桌并不是会议桌，我可以想象他儿子一口饭都吞不下，只想起身走人。

"关系"这回事……

"管理啊，靠的是关系，没有关系，管理就不存在。赏你的时候，我诚心待你好，在大家面前夸你，私下又送你大礼，有面子有里子，你觉得这关系特别、够甜，自然上瘾。等到罚你的时候，就把你孤立起来，关系戒断了，你苦得不得了，恨不得马上把我求回来，所以你会讨好、听话，像狗一样地服从。"

上校说今天特别大放送，要传授我"管理"的秘诀。

"我给它吃牛排，都是亲自给，让它知道牛排是'我'给的，没有我，就没有牛排。所以它上瘾的是我，不是牛排。这个在心理学上叫制约，对不对？我在军事管理学院也学过。"

我在心里想着，上校说的"关系"其实就是联结与依附。人的确不能遗世独立，总要在某个群体里停泊。人与人之间的关系就如操控的绳索，牵引着我们的心思和归向，赏罚的原则让这条绳索更强韧，紧紧抓在操控的人手中。

但人与人的关系里，真的只有赏罚、操控与服从吗？

只听上校继续说："关系啊，就像是狗链，系上了呢，你是我的狗、我是你的主人，我们彼此认可，向外证明。你说狗链不舒服？勒紧了是不舒服，但不系又没安全感，它以为你要把它抛弃了。所以你说狗真的委屈吗？它每天早上咬着狗链来，摇着尾巴要我带它去散步，这该怎么说？人其实也差不多，嘴巴上说要自由独立，心里头想的还是有人要你、疼你、骂你！"他不吐不快，继续拐弯向儿子宣战。

上校说的话刺耳，却也说中了人心里的幽暗脆弱。我们需要关系喂养，汲取物质与心灵上的满足、安全感、认同与依恋，即使这关系让人窒息，许多人也往往离不开。

黑狗乖乖趴着，脖子上系着皮革颈圈。我看着它黑色的瞳孔，的确看不出有什么委屈。在它心中，绝对的服从就可以保证唯一的宠爱，很简单，也很值得。

但人终究不是狗，我们要的不只是单纯的豢养。有时我们甚至宁愿承受苦痛也要抛弃、断绝一段关系，好去换取更珍视的其他价值。而对于正渴求独立自主的青春期的儿子而言，或许权力是最重要的。

上校遗漏了"权力"这个魔鬼。

爱是共享互依

无论是在军中还是在公司里，上校源源不绝的权力是"借来的"，他与下属的关系是依靠于群体的。但在家里，儿子正在革命，他正在收回给父亲的权力，即使鲁莽而不成熟。

所以上校的管理对儿子失效了。儿子不在乎他的赏，也不畏惧他的罚，儿子正在尝试离家，到同侪团体里停泊。就算上校切断了所有绳索，也无法将儿子隔离，反而是隔离了自己。

其实妻子也是，她不是懒得理会，而是存心躲着。因为多年的情分，妻子没逃离这个家，但她刻意用生活的琐事避开上校的链子，避开那冰冷的权力、缺少柔软的相处。

妻子或许还愿意保持沉默，但儿子的反叛是震天的独立号角、成长阵痛，父亲勒得越紧，挣脱的力道就越强。儿子必须独立，才能独行至远方去成就自己的家，在这个过程中的各种束缚与剧烈拉扯，只会为彼此带来伤害。

爱是流动的

所幸，关系里真的不是只有赏罚，也不是只有权力，而是还有流动的爱。

赏造成依赖，罚则造成恐惧。服从来自依赖与恐惧，而不是爱。

男人一生追逐权力，逐渐对"爱"陌生了，也因被权力框限而淡忘了与人之间的那份爱。当他们回家后，忘了该卸下光环，放开手中曾拥有的权力，反而举着已然熄灭的火把进入错置的现实，往往更容易陷入黑暗。而权力圈不住家人，也更觉得孤独。

现实其实没有那么黑暗，只是上校尚未适应。他得重新学习缺席的丈夫与父亲的角色，而不是继续当自己记忆里的上校。上校丧失了权力，但父亲还有爱。权力是争夺，而爱是共享互依。

父亲的骄傲

"你儿子会跟你的狗玩吗？"我问。

"会啊！这只狗是他送的，他初一时翘掉补习跑去打工，买了这只狗，被我臭骂了一顿。"

"为什么要送你狗啊？"这儿子远离父亲的权力，却送回了爱啊！

"不知道，我没问。"

"那狗有名字吗？"

"有啊！'General'，将军，也是我儿子取的。"

"你也没问他为什么？"

"嗯哼……"男人无所谓地摇了摇头。

虽然高傲的上校也不会是个听话的老爸，但我还是试着问他："你要你儿子听话，那你愿意听你儿子说话吗？"

他紧锁眉头，没有答话。但我明白收下礼物的上校，形影不离地照看黑狗，其实透露了父亲的温柔。

关系修复的开始

过了一阵子，上校又带着黑狗一起来，还打开儿子发的信息给我看：

"你终于想问啦！我知道你没升将军很闷，所以送一只'General'让你养，看这样会不会爽一点。

"PS：你养得还算不错，General 很听你的话。"

"你看，有儿子这样跟老爸讲话的吗？"不怒亦不威，他的抱怨里已没了火。

我低头看 General，它依然静静伏着，但颈圈上的绳子已被卸下了："不用狗链了？"

"不用啦！它知道谁最爱它，赶不走啦！"上校豪气地说，但这时的威风拂来，舒服多了。

这是父亲的骄傲，而不是上校的骄傲。

爱的领悟

因为爱，我们倾听、信任、陪伴并包容。

是这些让关系绵密而温柔，怎样拉扯也不会断裂。

是这些让儿子成为父亲后，还惦记着自己的父亲，在超越了父亲的背影后，还能回头思念。

冰的男人

他原以为只要够坚强，就能让哀伤消失

哀伤是无形的，却也是无所不在的。

看过那么多哀伤的眼眸，我仍不敢说我真的可以一眼辨识出它。许多时候，它仍是彻彻底底地被隐藏起来，隐藏在忙碌的生活、遗忘的记忆或是放下的信仰里，似乎只要别闲下来、别想起，哀伤就不会再被提起，也不会再有重量。

直到某一刻它从裂缝泄漏了，片段地被说出，我才能靠近它一些，看见它的浓稠与巨大，还有承载的那个人所拥有的坚毅与脆弱。

个案多少是带着哀伤进入诊间的。生命走远了，总有伤；岁月长了，总有遗憾与失落。孤单来、孤单去，留下来的人总是闪避不了一路上的诸多孤单。

尽管我可以猜，可以假设，或者可以武断地事先想象那些尚无头绪的哀伤，是躲在失眠、叹息、身体的疼痛或其他面具后头，但每个人的哀伤都是独一无二的。哀伤有太多面貌了，人也有太多收藏哀伤的方式，往往在它真正流泻出来之后，我才惊觉它竟藏在那儿，且埋得如此之深，也才明白眼前的灵魂是用了多大的力气包覆那些伤口，才走到我面前。

因此，从他们身上，我总是不断地在学习——学习那些看不透也望不尽的哀伤，学习脆弱与坚毅如何在同一具灵魂里拉扯、并存。

向前一步，更贴近彼此

从心而发的寒冷

入秋微凉，但他已围着围巾，裹着厚大衣，仿若从寒冬中走来。他缩着身子说自己怕冷，只要气温稍降，虚寒的体质便顶不住，觉得手脚冰冷、胸闷无力，头痛如冰锥猛凿。

他体内好似比一般人少一炉火，即使夏天也包得紧紧的，生怕热气流散，而风一吹，带走了温度，头痛便又紧追袭来。为此他四处求医，从心脏、胸腔、神经到内分泌，该抽的血都抽了，影像检查也搜遍全身，但仍一无所获，找不出炉火熄灭的原因。

听着他述说对冰冷的恐惧，实在难以想象他原是一位冰店老板！

我不禁猜想，那血液中寻不着且影像里看不见的，是无形的哀伤吗？

没有走出哀伤的人

一年前，一场车祸夺走了他才上小学的女儿。在与死神拔河的那段时间，他在医院、庙宇与冰店间四处奔波，不敢合眼。他说，寒气在那时乘虚而入，渗入了底子，从此头痛纠缠，冰冷成了他心中的魔鬼。

"那阵子，一定很难过……"我说，探寻着哀伤的痕迹。

他停了几秒，没有说话，我似乎靠近了哀伤，但其实还离得很远。

"别说了，都过去了。"他撇开目光，让遗漏的哀伤再度冰封起来，正如同以往他隐藏自己，还有这份哀伤被收藏的方式。

其实这一年来，他一直没有诉说哀伤的机会。他不被允许，也不允许自己。即使在我面前，哀伤也是禁忌，仿佛说了，好不容易稳定的世界就会崩塌，那些好不容易淡忘的与收拾好的，都得重新经历一次。

但他从没真正好好地经历过属于他的哀伤，他只是被时间拖着往前走，哀伤被迫中断，然后凌乱地隐藏起来。表面上，哀伤真的消失在过去了，那冰冷却凝冻在身体里，摆脱不了。

哀伤的秘密

从冰柜移入棺木前，他捧着女儿的脸，细细看着她闭眼熟睡的样子。本以为女儿长大后，这辈子再也无法靠她如此近，没想到竟在她无法开口拒绝的时候，偷到了机会。就像小时候偷看她睡着的小脸蛋，只是这次，她不会再醒来，不会再突然睁开眼，然后生气地用棉被蒙住头。

他记得很清楚，手一碰着女儿的脸，身子便开始发抖，冰冷从他的掌心透入心扉，存入了记忆——好冷！比冰块还冷。

那一瞬间，他的炉火熄灭了。"呼"的一声，像吹熄了屋里最后一盏烛火，告诉他不用再等，女儿不会再回来了。

"我一直藏着这个秘密，不敢告诉任何人，因为没人想谈……"每当哀伤起了头，那些似有若无的回避眼神都在暗示他：该放下了，别再说了。

更因为他必须坚强起来照顾妻子，那个他口中"没有走出哀伤的人"。

有种眼泪，是流不出的……

他很快便整理好女儿的遗物，打包封箱，接着转身回到生活里，但妻子仍活在泪水中，经常待在女儿的房间哭泣。他陪着妻子就医，像置身事外地描述妻子的哀伤。每当有人试探地问起，他总苦笑着回："当妈妈的难免比较难过。"然后继续挺直身子，搀扶起忧伤的妻子。

或许他必须站在忧郁外头，才能让忧郁依靠。

但他瞒不过自己的身体，开冰店的他竟开始对店里的冰块产生恐惧，即使戴上手套，冰冷还是穿透掌心，蹿入胸口，让他感到一阵心悸，仿若濒临死亡。

努力了一阵子，还是无法克服冰冷，遇客人上门点冰，他打开冰柜又关上，发着抖撒谎："不好意思，冰块没了。"

冰店的生意终究无法继续下去，他换到亲戚的面店帮忙，躲在热汤的蒸汽里，勉强逃开了对冰冷的恐惧，但畏寒的体质一直没有好转。

妻子的忧伤也是。

有一天，妻子甩开了他的搀扶，搬到女儿房间去睡。她无法谅解他将冰店关门，愤怒地控诉他冷血无情，一滴泪也没掉过，只想把女儿忘掉，继续正常过日子。

"你在急什么？你可以假装没这个女儿，但我不可以！如果伤心对你来说是负担，我留在女儿的房间就好！"

"不是这样的……"他想辩解，但还是忍了下来。

"不是这样？那你为什么擅自把冰店关掉？大家都说你在面店做得很起劲，看不出难过的样子。你把什么都收起来了！我什么都找不到了！"她哭着说。

他答不出话，没想到妻子竟然会这样说，妻子的哭诉让他有负罪感，寂寞又冰冷，心像被揪住了一样喘不过气。

他说的尽是冰冷，我听见的却是哀伤。

有的哀伤，不能被找到……

其实他的哀伤不是找不到，而是不能被找到。他自己明白，假如不离开冰店，心里的哀伤是不会消失的。

对别人而言，这个做父亲的哀伤太短暂，一下子就消失得无影无踪。但是对他来说，整间冰店内却布满了永恒的哀伤痕迹。

"他们不知道，我如果不离开，就只会看到我女儿的身影不断地在店里穿梭……"他红着眼回忆着。

她曾在角落的婴儿车里探出头来，好奇地寻找刨冰机的声音；她曾瞪大眼睛，惊喜地品尝嘴里糖水的滋味；她曾捧着碎冰咯咯地笑，然后看着冰在掌心融化，用稚嫩的声音讨着："冰冰，还要。"

不知道从什么时候开始，女儿成了他生活的刻度：送女儿上学后，便准备拉开店门。下午妻子载女儿回来后，放学的人潮涌入，女儿总会偷拿一罐炼乳回角落固定的位子，淋在她喜爱的芋头牛奶冰上。在忙碌中，他不忘穿过震耳的刨冰声，大声提醒女儿小心蛀牙。然后，天黑得很快，女儿上楼，同时飘来晚餐的香味，他准备关店在整理桌面时，总会捡到女儿落下的小东西……

女儿离开后，生活的节奏全乱了！要什么时候拉开店门？又要什么时候关上店门呢？这些时刻，自然会想起她，期待她出现，然后再一次重重地落空。女儿遗留下的空白如断桥，哀伤滚滚流过，他常常就这样望着恍神，找不到继续往前的路。

面对哀伤，男人常选择否认

我想起一位失去儿子的母亲。过去她总在邻近学校的钟声响起时，匆匆拿起便当，催促儿子上学；而如今钟声依旧，她面对空白的早晨，被提醒的却只剩哀伤。

就像钟声唤醒了那位母亲的哀伤，对他而言，"冰冷"是店里的冰，也是女儿的脸。失落的哀伤与死亡的恐惧，全被冰冷联结了起来，他说他怕冷，其实他更怕的是哀伤。

为何害怕呢？

因为，哀伤触碰了他灵魂的脆弱，而他总以为自己必须坚强，才能拥有力量，也误以为自己的哀伤必须先消失，妻子的哀伤才会跟着消失。

但面对挚爱的离去，谁能不伤心？的确，哀伤透露了灵魂的脆弱，可是我们灵魂深处其实也拥有足够的坚毅，能与脆弱共存。

在《当绿叶缓缓落下》一书中，生死学大师伊丽莎白·库伯勒·罗斯写道："坚强与悲伤并不冲突，一个人必须够坚强才能面对悲伤，到了最后，悲伤能牵引出你从不知道的坚强力量。"

然而就像他一样，许多男人并不习惯这样的脆弱，以为脆弱与坚毅是互斥、对立的。失去挚爱的哀伤夹杂了关于死亡的恐惧，那往往比想象更巨大，仿佛一切随时都会被夺走，而自己什么都无法掌握也无力阻挡。所以男人选择否认、隐藏，让哀伤无迹可寻，最好在泄露之前就被掩埋，才不会失去力量。

但埋得再深，哀伤都不会真的消失，它就在那里，如生命的伏流，与钟声呼应，与冰冷联结，暗潮汹涌。

让哀伤对话

电影《因为爱情》讲述了一个关于丧子之痛的故事。导演特意将故事分成了《在她消失以后》及《在离开他以后》两部，分别从丈夫与妻子的眼睛，去窥看各自的哀伤。

电影里，大家对夭折的儿子避而不谈，亲友的问候隐晦，墙上的照片也被取下。某一天，妻子带着沉默的哀伤离开了。丈夫不明白妻子为何不告而别，留他茫然面对事业与婚姻的挫败；而妻子无法原谅丈夫竟能在丧子之后，马上将儿子的一切锁上，轻易地跨过那道空隙。两部电影中，哀伤都是如此巨大，但彼此相距却如此遥远。那主观的孤独与不被理解的哀伤，竟能如此深且痛地被诠释，令我无法忘怀。

这个畏冰的男人不也是如此吗？妻子走不出来，他却走不进去，于是彼此的哀伤都孤独无依。

"你拥有哀伤的权利，任何人都有，你的妻子也有。而且，没有人可以决定你哀伤的方式、对你的哀伤进行评论，或者要求你如何哀伤，因为没有人比你更明白自己。只是，你跟妻子的哀伤似乎没有了对话，让你们看不见对方了。"

我看着他仿佛被冻伤的眼睛，缓缓地说。

关系修复的开始

他试着告诉妻子关于冰冷的事情。内心的哀伤、恐惧与孤独，他带着不安，一点一点坦露出来。

他边说边流下了眼泪，妻子反而止住了哭泣，抱着丈夫说：

"至少我现在知道，我不是独自一个人面对了。"

哀伤终于可以在两人之间流动，融在一起。而原来，他不需要那么坚强，妻子也不是那么脆弱。

讨论过后，他们一同回到冰店，他负责熬煮配料，妻子负责刨冰。哀伤没有因此消失，他们一同想起、一同哭泣……然后渐渐地，哀伤不再那么沉重，他们哭泣的时候，开始有了笑容。

来年女儿的忌日，他拿出冰块，亲手为女儿做了一碗芋头牛奶冰，还淋上了满满的炼乳，想起女儿将冰舀入口中时满足的神情，心里暖暖的，终于有了温度。

♡ 爱的领悟

哀伤是疗伤的过程，我们都需要足够的时间与哀伤相处，感受它、确认它并陪伴它，然后才能真正地告别。就像伊丽莎白·库伯勒·罗斯说的：

悲伤必须被看见，才能治愈。

被自己看见，也被彼此看见。
冰融化了，才能化成水往前流。

落叶男人

衰老并不可怕，遗忘与被遗忘才可怕

孩子长大的速度，好似比时间飞逝还快。许多时候，乍然又发现孩子从丰沃的自身中绽放出惊艳的花，像是说了一个故事、画了一幅画，或是对世界提出了理解后的疑惑，我都会慌张地翻找书中的对照表，仔细思索这孩子的年纪到底到了何处。

　　说起来汗颜，那些认知、语言、运动与社交功能的进展里程我总是记不住。即使有了孩子后，跟着她一格一格跳跃前进，我总还是在惊呼后便忘了：什么时候开始没把你、我混淆？什么时候开始一阶一步地爬楼梯？什么时候画出了三角形？什么时候开始玩扮家家酒？什么时候开始有了想象的动物陪伴？

　　在我眼里，关于孩子的一切都太快了，快得让我追不上，尤其当我意识到自己正无法避免地不知不觉缓慢下来。

　　一日，我必须摘下眼镜才能看清近物，顿时我明白生命之中，孩子是顺风，而我是逆风。

于是，对孩子长大的期待开始生出了不舍，这或许是源自自己对衰老的焦虑吧！

向前一步，更贴近彼此

衰老的孤独

老先生被一群人簇拥着进来，不像是光荣的行进，反而是种既被呵护又被胁迫着的护送，帮助他以虚弱而蹒跚的步伐缓缓坐了下来。

小小的诊间旋即被护送的人塞满，但眼前的老先生却囿在自己的孤独里，神情落寞，忧伤与焦虑抓皱了整张脸。他每一口重重的呼吸都是叹息，将心一口一口吐空了。

坐在一旁的妻子握着他的手轻轻拍着，但他毫无知觉般地没有任何响应。孩子围在一旁，忍不住抢话。

"我们知道他有心事，但他就是不说。"大儿子不经意流露了指责。

"我们担心他是不是……有点忧郁？"小女儿吞吞吐吐接着说。

这时老先生突然抬起头，以坚硬的绝望说着："我没有忧郁。

我只是老了，不中用了……"

泪在他眼眶中打转，没落下来。在孩子面前，他不允许自己哭。

他开始解释，他从眼睛、耳朵、脚步到脑袋，这一身残破能有什么用？他不是不想出门，而是力不从心，真的出不了门。他否认着心的残破，对他而言，身体可以残破，但心不可以。

老了败给年岁还算光荣，但败给忧郁则是软弱。

当然，他是忧郁的。他有足够的理由哀伤，因为岁月磨损的不仅仅是身躯，还有灵魂与心。只是他也跟许多老人一样，说着病痛，却把心藏得很深。

老校长的心

他是个退休校长。妻子小他好几岁，两人的感情很好，常见他们牵着手一同散步、逛市场，也一同在教会里唱诗。

一开始是他拉着妻子去的，他教妻子看谱、陪着她在家练唱，害羞的妻子拗不过他，躲在他的影子里，也渐渐唱出声来。

但不知从什么时候开始，老校长的声音小了、倦了，换他躲着妻子的邀约，不再上教堂唱诗。

起先他还会说些理由，如前晚睡不好、感冒声音哑或天气冷出门头疼，到了后来他什么也不说，就只是枯坐在家里，像一棵叶子落尽了无法再被春天唤醒的树，就此失去了活力。

妻子不想让孩子烦心，没跟任何人说，只是紧紧握着他的手，在旁陪着、看着，却再也拉不动他。

以前老校长是棵高耸茂密的树，俯瞰整个学校，也庇荫整个家。因为传统大男人心态作祟，婚后，他便把妻子藏在影子里护着，他是妻子的耳目、脑袋、身躯与灵魂的依靠，非得把妻子护得娇弱如花，他才觉得自己是个能扛起天的男人。他就这样挡着强风烈日，拉着妻子往前走。路是他带的，人生是他闯的，幸福也是他从天上摘下来的。

然而，老与病也先落在了他身上。

勉强挺立的自尊

老校长先是眼前模糊，看不清乐谱；接着是耳里闷塞，听不见自己的声音；最后他跌一跤摔裂了骨头，从此跟不上指挥，也跟不上妻子与生活的速度。

教友们都安慰他，跟不上，慢下来就好。但即使做了白内障手术，他看歌词还是吃力，戴不惯的助听器也总让他觉得声音尖锐刺耳。唱诗班去了几次，他一开口，大家便静了下来没出声，但他心里明白，习惯领在前头的他如今落后了，在慢下来的生活中，他成了累赘。

所以他干脆不看、不听也不走了。叶子落尽了的树还是树吗？他离开教堂，离开阳光，离开森林，觉得自己不再拥有生命，只是棵无用的枯木，等待腐朽，化为尘土。

但他还是勉强挺立着。那是一种饱受折磨后残存的尊严，一点面对死亡仅余的渺小骄傲。

他不是没想过放弃生命，但他更在意的是如何骄傲地放弃。男人如此，老男人更是如此，他们矛盾地对抗着忧郁、绝望与死亡带来的羞辱。

直到有一天，他放弃了对抗。

叶子不见了

那天他突然找不到珍藏的书签，那是一片只余下纹脉的镂空叶子。

叶子是他跟妻子第一次见面那天拾回的，他花了许多心思把它压干制成了书签。

他喜爱阅读，一次只专心看一本书，几十年来，那片叶子便这么陪着他睡在文字里。

他很久没拿起书了，忘了最后拿起的是哪一本，那天看着窗外的落叶，他猛然想起要找书签，在书房与记忆里却都遍寻不着。

他用颤抖的手将好几本书撕烂，接着凄厉地哭了起来。

妻子慌了，她从没见过丈夫这样，她终于打电话向孩子求救，混着啜泣说：

"叶子不见了！你们爸爸……在哭……病了……病了……"

于是孩子们合力将他拖来，想知道父亲这棵原本顶天立地的树，患了什么虫害。

衰老，是一连串"失去"的过程

简媜在《谁在银闪闪的地方，等你》中写道：

"老，是贼，偷了明眸、皓齿、乌丝，也窃了你那黑桑葚般洋溢着果香与酒香、飘着情歌与甜梦的夜……"

"失去"如轰然的山崩，是引发忧郁的巨大陷落，那个失去的对象不仅是所爱之人或物，也可能包含了自身：一条腿、一个乳房、一张脸或一段记忆……

而衰老，往往就是一连串急促又难以逆转的失去过程，从感官、力量、思想到希望等一个个接连失去，在我们没有防备时，人生毫无缓冲地急速坠落，快到让人措手不及。

尽管我们都明白人逃避不了死亡，但我们往往没准备好面对衰老。

衰老才刚敲门，死亡就守在门外。

或许对许多人而言，最终的死亡并不可怕，是那一点一滴的失去让人痛苦、屈辱，那种倒计时的消磨剥夺，才是真的残忍。

然而，哀伤与种种失去之间的关系是暧昧的：失去带来了哀伤，却也给予了哀伤隐藏的空间。衰老的变化是真的，身体的痛楚也是真的，于是老人们可以将那不习惯述说、害怕坦露的哀伤，用这些具体的残破替代。

我想起一位老妇人，她为了全身蔓延的病痛四处求诊，但屡屡得到的答案是："你没病，你只是退化。"

"那意思不就是'我的身体都干瘪了'啊！"她沮丧地说。

我们看不见风，只看得见落叶；看不见时间，只看得见苍老；看不见哀伤，只看得见身体的伤。

而对于那看得见的，才能喊痛。

对于衰老，我们需要同理

老年精神医师马克·艾格洛宁在《生命永不落》一书中，提及美国前总统托马斯·杰斐逊哀叹衰老的一封信：

"身体的衰败前景暗淡，但在人类所有的沉思默想之中，最可憎者莫过于，没有心智的身体。"

最后一片落叶便是记忆的失去。残破的躯壳尚可收纳灵魂，但遗忘是灵魂被抽空，让我们面临"自己将彻底消失"的恐惧。

感官被剥夺后，便会与世界渐渐断了联系，内心没了访客，自然陷入孤独。

但对老校长而言，孤独并不可怕，"遗忘"与"被遗忘"才可怕。

"那片叶子对你来说，一定很重要吧？"我问。

他没说话。

"你很担心，再也找不到它了。"

他依然沉默着。

"我想，它只是暂时不见了，但它一定还存在于你身边。等你有力气了，会慢慢找到的。"我用我相信的事安慰着他。

忧郁会伴随认知功能的下降，诸如记忆、注意力、思考速度等，并因此带来对失智的恐惧，从而加深自我的"无价值感"。

所幸，我们失去的并没有以为的那么多，许多人在拨开忧郁之后，慢慢找回了，甚至发现了一些新的东西。

治疗的过程缓慢，他的妻子问我该怎么做。

"其实您一直都在做，也做得比任何人都好——就请您继续陪伴着他吧！"

陪伴，是最简单也是最困难的事。

关系修复的开始

不知是药物、陪伴还是时间本身吹散了忧郁，许久之后，老校长回到了教会，但不是回到唱诗班，而是陪年轻人读经。

那片叶子，原来就收在《圣经》里。

"虽然我现在看得很慢，却看懂了更多，应该说我有了更不同的领会，或许真的是因为路阻断了，所以我到了未曾想象的地方，像是从死亡的背后回头看。老实讲，我还是在继续遗忘许多事，但我却不感到害怕了。"

他轻轻地抚着身旁妻子的手。

我看着话说得缓慢却意味深长的老校长，感受到一股类似祝福的温暖。

"有些事情，真的不是眼睛看得见、耳朵听得到的，甚至不是脑袋能思考出来的。对我来说，我终于把生命空出来，让上帝进驻了。"

他翻开《圣经》，从中拿出一片叶脉做的书签。

"谢谢你，这片叶子送你。"

那片叶子比我想象中的残破，但也美丽，腐蚀殆尽后的干涸叶脉像是生命轨迹，当繁花落尽后，烙印在世界上的宁静纹路。

正如我所相信的，无论衰老与死亡如何将有形的一切剥夺或终止，灵魂将以某种形式留存下来。

这是一份贵重的礼物，我怀着感恩收下并向他道谢，他露出笑容，荡漾着满脸的皱纹，也摇醒了我。

此时我明白了，这片叶子上正寄托着他灵魂的一部分，充满力量。

他与妻子牵着手一同离去，步履缓慢，但那背影却仿佛挣脱了束缚，准备起飞。我像是看着孩子的背影，知道自己追不上了。

♡ 爱的领悟

衰老，未必只能是死亡的前奏曲。

若能在渐缓沉降的乐音中获得安详宁静，那将是完满的回归，是生命尾声最丰沛的赞歌。

棋盘男人

没有人可以去走别人的人生棋局

老先生兀自开了门走入诊间，不发一语地环顾四周，眼神高高地飘过我的眉梢，如一只盘旋的老鹰。他在等待我先开口，而我知道他是带着要求而来，并非请求。

我带着礼貌性的敬意请他先坐。他熟练地坐了下来，就像他熟练地度过了人生一般，任何一个位置都仿若他的王位，世界就在他脚下。

时光让他的身形缩小了，他抿着嘴，下巴微仰，眼睛平视于我。在他岁月的眼神前，我反而觉得矮小。

我喝了口水，抚着键盘，思忖我这小御医该怎么替太上皇把脉。

其实，他要的只是尊敬。

❤️ 向前一步，更贴近彼此

要求与请求

就像那些被时间扯皱的皮肤一样，他的自尊脆弱如金箔，一刮即破。时光已夺走了太多东西，让他防卫地扬起下巴，仿佛在警告着：别想再从我这里夺走什么！

但只因我是医师，所以他来了，勉为其难地拜访我这个阅历不深又见识浅薄的小子。

老先生想的是对的，他遗忘的比我记住的还多，放下的也比我尚未背负的还多。人生路上，纵然他脚步慢了，我也不一定追得上，更遑论在他前头领路。谁走的人生路长，谁说的人生道理似乎就更有理，岁月如一枚枚勋章，别上了，自然有种"不得不"的骄傲。

我们之间形成了某种默契，毕竟他不是我遇到的第一位老先生，而我也不是他遇到的第一个小医师。他坚持着居高临下，射出苍茫而锐利的眼神，但我医师该有的专业并没因此动摇，反正他懂的，我向他学习；我懂的，我向他说明。"要求"跟"请求"的差别，也许只是表面上的胜负而已。

于是，我开始向他请教他的人生。

老先生的忧郁

果然，他因失眠而来。但当我问起原因，他却屡屡摇头说："我不知道！"隐约在暗示着我，他不知道，那我这毛头小子更不可能晓得了。

老先生失眠十几年了，陆续因为搬家或朋友介绍而换过几家精神科诊所，今天刚巧路过看见了招牌，想着就近方便而推门进来。

累积了无数个夜晚，老先生安眠药吃了不少。处方中还有抗忧郁药，但藏在厚厚的失眠底下，"忧郁"变得有些模糊暧昧，仿佛忧郁已不是他的，而是不知谁忘了带走的。人生长了，自然很多记忆都不是那么清晰，也自然很多记忆都不想那么清晰。

我保持着礼貌，想把忧郁看得清楚一些。

"最近心情怎么样呢？"

"普通啦！"

"有特别操心的事情吗？"

"没啦！孩子都长大了，事业也顺利，还要操心什么？"

"那你平常都怎么安排你的生活？"

"四处走走，一个人住很清闲，早上游泳，下午就去公园下棋，傍晚早早就睡了。"

"哦！你都下什么棋？"

"暗棋啊！趣味趣味啦！"

"有比赛吗？你应该蛮厉害的哦？"

"没什么啦！你就照这样开给我，我自己会调整啦！"老先生很快就不耐烦了。

老先生简短的语言像一道道锁，将自己的故事紧紧地掩在门后。初次见面，他只愿意开个细缝让我把药包塞进去。

但他很规律地回诊，渐渐地，眼神松懈了一些，却依然没有笑容，那种自然而然的像花绽放来迎接阳光的笑容。

虽然每次我都会苦劝老先生慢慢减少安眠药的剂量，可是他无动于衷，只会不耐烦地嫌我唠叨。

"知道啦！吃习惯了，我很清楚啦！我自己调整就可以了。"

药物方面不容我置喙，我只好收起我的奏折，开始欣赏起他的勋章。之后的回诊，我像是一个主持人，访问他的人生。

房子很大，心却很空

年轻时，他白手起家开了水产加工厂，后来越做越大，几乎垄断了外销市场。他工作认真，凡事亲力亲为，无论是市场开拓还是产品开发，都由他盘算，下属只是棋子，乖乖在他的事业版图上按部就班地执行任务就好。

他的两个儿子也是。大儿子留学念了商业管理，回来后从公司基层开始磨炼，一阶一阶，踏稳了才准往上爬。二儿子不太好掌握，但他还是抓着风筝的线，不让二儿子飞太远。

"老大吃苦耐劳，我交办的事情，他都能处理好。小的呢，虽然浮了些，但也念完音乐硕士啦，他在北部当老师，最近刚结婚，媳妇还是留美的音乐博士！"他擦亮勋章骄傲地说，要我继续听着。

十几年前，他看着朋友陆续退休，便决定交棒给大儿子，他跟妻子搬到了较幽静的平房，准备开始下人生的另一盘棋。没料到一开局，他便输给了老天爷——在清晨的微光中，妻子在花园里昏倒了，送到医院时已经没了呼吸和心跳！

"她容易紧张，心脏不好。"老先生说，一瞬间眼神黯淡了，如永远穿不透乌云的阳光。

这步棋乱了老先生的局。但很快地他又重开新局，卖掉了平房，用二儿子的名字买了独栋小楼。

"这样比较公平啦！不然我也没留什么给小的。当老师存不到钱，媳妇在大学兼课，听说薪水也不高，我叫他们干脆搬回来，我一个人住那么大一间，有点浪费。"

然而，他开始失眠了。

房子很大，心却很空。我仿佛看见偌大房子里孤独的灯，等待着不归的人。

"不过，小的说请调不容易，到现在还回不来。公家机关做事情就是没效率！"他埋怨了政府，但不埋怨死神。我看懂他这步棋，悄悄避开了。

"是啊！这样会不会觉得很无聊啊？"但忍不住，我还是绕了回来。

老先生愣了一下，反而露出了笑容。他跷起脚，往椅背上一靠，一副准备吃掉我将军的模样。

"不会无聊啊！我不是跟你说过了，我天天到公园去下棋，几乎没人能赢我。人家说暗棋靠运气，哼！不懂的人才这样说，我会记棋、算棋，你脑中还在想下一步，我已经算到三步了，他们怎么可能赢我？前阵子什么长青杯象棋比赛，我还蝉联了三届冠军，参加之后就没输过！"

"哇！真的很厉害！"我打从心里佩服，将军硬生生被他吃了。

但我在意的根本不是这盘棋。我看的不是棋步，而是他那寂寞的步伐，还有那双布满皱纹的手——再也掌控不了人生，只能伸进棋盘里。

死亡与孤独总并行而来

妻子的离去带给了他深深的恐惧，仿佛任何东西随时都可能被夺走，因此他把手探得更远也抓得更紧。历经死亡之后，他就像是过了河的小兵，表面上逞着夺人将军的威风，内心却是孤独而脆弱的。

我不禁想起了"存在主义心理治疗"里所谈的，人生不可避免的四大议题：死亡、孤独、自由与无意义。而死亡与孤独总并行而来。

"你要多运动，太阳下山前多走走，现在有地铁，老人还有打折。这样安眠药比较好减。"

"有啦！已经减啦！我小的如果回来，我们就会去爬山，爬山比较累，我自己就会减安眠药。"

大概是吃掉了我的将军吧，老先生卸下心防，多说了一些。

那成堆的安眠药就仿佛对二儿子的特殊悬念，越抓不牢的，失去的焦虑越深，放的心思也越重。于是他想尽办法要用自己习惯的棋步，去走儿子的人生。

害怕死亡是软弱，害怕孤独是依赖，这些都不是老先生可以对别人或对自己承认的。他唯一承认的，只有失眠。

所以他不肯示弱地说出需求，反而是给尽他所拥有的，要儿子知恩惜福，主动回报，这种看似情感的勒索，却反而卑微得如同乞讨。

老先生那弱不禁风的骄傲，只是他一辈子所习惯的爱人的方式，如同熟记的棋步起手难回。

生命的勋章

大多日子，他总是孤独地微服出巡。走路，有时骑脚踏车，公园、游泳池……就是那些老地方。即使到了新城市，他还是过着旧的生活，地铁什么的他没兴趣，也不需要。

十多年前，这盘棋局便已定，一切都在他运筹帷幄中，没什么好担忧的——除了夜晚长了一些。

每次回诊，我也只能陪他小聊，再擦亮勋章。这些骄傲的勋章闪着熠熠光芒，像是维系着老先生生命的阳光。一旦熄灭了，藏在无止境的夜晚里的孤独与忧郁就将凶猛地袭来。

短暂的闲聊间，不知不觉也过了一年，媳妇生了个男孩，二儿子还是没搬回来。

"我那个孙子特可爱，他如果哭，我拿棋子敲一敲，他就不哭了，哈哈！以后一定也很会下棋。"

"照顾孙子很累哦！"

"哈哈！真的！我如果陪他玩，那一天真的可以累到不用吃安眠药呢！"他的笑容里有了晨曦般温柔的光。

老先生到底为什么失眠呢？是想起了清晨的微光，还是无法停止盘算着空荡荡的棋盘？

或许，不是那么重要了。

关系修复的开始

存在主义大师欧文·亚隆在谈论"存在孤独"时说："关系无法消除孤独，每一个人的存在都是孤独的，可是借着爱弥补孤独的痛苦能分担孤寂……最好的关系是以彼此无所求的方式相处。"

每个人都有各自的人生棋局，谁也不是谁的棋子，无法交换，也无法代替。我们只是彼此观看，感觉同时存在的陪伴与爱。

文绉绉的存在主义对老先生来说或许太遥远，也非必要。人生之中，死亡与孤独本来就不是陌生的，老先生终有他自己的哲理与智慧来面对他的焦虑吧！

怀抱孙子的满足带来了生命的延续感，缓解了他对于死亡的焦虑。小孩那与生俱来的情感索求与盈盈笑脸，或许暂且化解了他的孤独。关于生与死，老先生或许意会了些什么。

但也仅仅是爱，没那么多想象，那么多他始终难以意会或不愿承认的诠释，就只是最纯粹简单、如初生婴儿般原始赤裸的爱。

观棋不语，因此在他主帅旁盖着的那枚黑卒，我终究还是没翻开。毕竟，诊间不是争胜负的地方，而老先生的人生是他的棋局，不是我的，就如同他儿子的棋局也不该是他的。

♡ 爱的领悟

面对人生不可避免的焦虑，不是翻开每一子、控制每一步就可以化解的。要尝试去理解焦虑并接受它，相信人生仍能寻到出路与意义。

死亡不可避免，但因有生命，才有死亡。

我与老先生都看见了生命中那晨曦的柔光。

空洞男人

他想摆脱的不是思念，而是空洞

接近下班时刻，积累了一天的疲惫，心中也酝酿了一切将暂时告一段落的沉静感。

总有个尽头，有个期限。纵然天亮后又是另一天的疲惫，纵然熄灭诊间的灯后，故事依然在人生幽微的舞台上演，但至少我可以合眼，可以回到自己的人生。

多么幸运，我只是个听故事的人。

我伸了伸懒腰，等待并感谢这个阶段性的句号，让人得以喘息，看见希望，不致因无止境的阴雨而遗忘了云后的阳光。许多时候，绝望便只是来自这种"永无止境"的想象。

但就在最后一刻，舞台上多加了一场戏：一位复诊的个案揣着故事而来。

离他上一次就诊三年多了，我看着病历，慢慢回想起那遥远的印象，内心也涌出如当初巨大而绵长的哀伤。

看来，在病历的空白处，他的故事并未谢幕。

男人比印象中消瘦许多，他慢慢地走近、坐下，透露出比我还沉重的疲惫。看着他哀伤的脸，我有种他将无法开口说话的错觉。

他其实只来过两次。

第一次是妻子过世后一个多月，一星期后来了第二次。

第二次病历上记录着：睡眠改善，胃口变好，早上开始到操场运动。情绪的部分，我仍写着"忧郁"。

然而，我印象最深的是病历上没记下的一句话，三年多前起身离开前那一刻，他严肃地问我：

"医师，你觉得难过多久算正常？"

我忘记当时自己说了什么。或许我并未回答，只是以沉默或看似理解的眼神回应；也或许，我诚实地说了至今不变的那个答案：

"我不知道。"

老教授曾说七七四十九天，接近两个月，台湾地区的习俗大概就是这个长度。这是默契，也是禁忌，社会给你一个哀伤期限，让茫然的你有规则依循，仿佛在说失落得有个尽头，时间到了，总得上岸。

但如果过期了呢？灵魂就开始因孤独而腐败吗？

那没过期的，哀伤就真的如约消失？可以若无其事地回到社会，保有灵魂新鲜如昔？

失去挚爱的时候，谁还能遵守跟社会的约定？而我们的灵魂，真的只能承载四十九天的哀伤吗？

哀伤有期限吗？

我真的不知道。

向前一步，更贴近彼此

生活总要继续下去

"好久没看到你了。"我说，声音如夜一般轻。

他试着微笑，但旋即流下泪来。

"我原本以为我已经走过来了，没想到……"

他赶紧从口袋中掏出手帕，将泪水在落下前拭去。还是一样，他不习惯展露自己的脆弱。

记得初诊时，我问他："你怎么决定要过来呢？"

"生活总要继续下去。"他说。

他以前是数学老师，退休后，就跟妻子过着简单而丰富的生活。妻子是家庭主妇，一对儿女都结了婚，只剩下自己还赖着妻子照顾。

"她总说我退休后她更忙，其实我只是在家多吃一顿午餐。她也不想想，以前她都闷在家里，我退休后才能常带她去看电影、旅行、上餐厅，这些都是我负责安排，我看她是忙着玩才对。"

一开始，他只说着妻子的事情，关于自己，他简化成"生活的失衡"。

"还是有点吃不下，睡觉也变得多梦，很浅。"那时候已经接近哀伤的期限，他很在意自己还无法回到寻常的生活。

"心情呢？"

"心情？还可以，渐渐习惯了……我最近早上去运动精神还是不好，没睡饱的感觉，在操场没跑几圈就没力气了，也就不太想去了……"

这就是男子的寻常生活：早上起床运动后，回家跟妻子一起吃早餐，接着冲个澡；午餐后跟妻子去看电影；傍晚跟妻子到市场买菜；晚餐后，妻子看连续剧，他在旁边听音乐或看看书，等妻子一起就寝。星期五晚上则固定去新餐厅尝鲜。夫妇俩还每隔几个月就开车找新景点游玩，每年至少去海外一次。

但四年前，寻常的生活顿时失序。

看电影时，妻子说画面有两个影子，到大医院检查，发现是脑部有转移的肿瘤压迫到神经，住院后很快就找到了源头——

"医师说是乳腺癌晚期，而且早已到处转移了。我根本什么都还来不及做……"

妻子就这样从他的生活中被死神夺走了。

等待填满的空洞

忙完妻子的后事，他开始学习过妻子的忙碌生活，一样早起运动，一样傍晚买菜、自己做饭，还有晚上看连续剧。

但他不再看电影了，旅行、餐馆，也都是多余的。

生活的空洞就在那里，坐在他隔壁、他对面、他背后，透明无声，但无法忽略。他要守在妻子的生活里，哪儿也不去。

空洞不断扩散，如癌细胞侵入生活，他开始失眠、多梦。梦里头他自责地哭着："新闻说很多乳腺癌都是先生帮妻子发现的，我很没用，我什么都没发现……"煮好的饭在冰箱里放了三天没动；尘埃积满了桌面，他也无动于衷；洗衣篮塞满衣服，碗槽堆积着碗盘……

一个多月了，而他只是继续躺在沙发上，陷入空洞。女儿回家看到父亲这模样，哭着骂他："爸，你不能再这样下去了！你知道你这样糟蹋自己，妈会有多担心吗？"

他终于从沙发中爬了出来，撕掉过期的日历，来到我的诊间，决心要回到寻常的生活里。他成功地回到了生活的轨道上：运动、买菜、做饭、阅读，规律作息，偶尔找找散居各地的老友，生活将时间填满了，也似乎将空洞填满了。

但他还是没再看过电影。

"一个人去看电影，还是觉得怪怪的。"

三年了，他以为时间的厚度足以挡住回忆追击，直到回忆狠狠地偷袭了他。

从空洞的位置，移到思念的位置

那天看到电影《不可能的任务》的广告，他呆坐在沙发上，身旁的空洞顿时被掏了开来。

那是他们最爱的系列电影，每一集都一起到电影院看。在他心中，这电影已随妻子消失了，如今怎么可以不经允许擅自回来？他没想到，哀伤竟以这样的方式袭来，更没想到那哀伤还是如此汹涌！

"有师父劝我要放下，也有朋友说慢慢就会忘记，我本来也以为自己忘记了，但那一天我才发现我根本不想忘记！医师，真的会忘记吗？我很怕真的忘记了啊……"哀伤仿佛化作眼泪，不断涌出。

"你不会忘记，也不需要忘记啊！"我确信地说。

"可是很难过，真的很难过……"

"我知道……"我知道，但我不敢真的想象那到底有多痛。我静静陪着他哭，至少这是他愿意表露哀伤的地方。

我没能告诉他什么，只是在他孤独茫然的时候反复提醒他：是的，你可以哀伤，没人可以要求你、限制你。这世上没有比失去挚爱更令人痛苦的事情了，而这痛苦，也没人比你更清楚。

至于思念，是没有期限的。

"只要想到身边的空位上本来应该有个人，我就很难接受，所以我没勇气自己去看电影。"

我沉默了一会儿。

"……如果把那个空位，收到心里呢？"

"收到心里？"

"如果是身边的空位，妻子是不可能回来的，那个位置，永远会是空的。但若能把位置摆到心里，妻子或许就能放在心里了，思念，或许也就是这样吧。"

"那她就真的不会回到我身边了。"

"她会以另一种形式待在你心中啊！如此，你便不会再守着那个空位，而无论你去往任何地方，她也都能一直陪伴着。"

我想，我们想摆脱的不是思念，而是空洞。身旁的空洞如果留着，是永远不可能被填满的。若能将离开的挚爱从空洞的位置移到思念的位置，哀伤，是否能变得美丽一点呢？

在生死学大师伊丽莎白·库伯勒·罗斯所著的《当绿叶缓缓落下》一书中，杰瑞在妻子离开后第二年平静了许多，他说："自从搬家后，我感觉好多了……原本带给我慰藉的房子不断提醒我失去了多么宝贵的东西……搬家后一切如新，现在莎拉住在我的心里，而不是屋子里。"

将妻子放进心里，或许也是接受了她离开的事实，将有形的存在化为无形的思念，哀伤依然，却有了不同的意义。

放进心里，才能带在心上一同前进，而不是停滞在过去，等待不会归来的人归来，等待不会止息的哀伤止息。

关系修复的开始

又过了一阵子，他神秘地笑着，将一张电影票放到桌上。

"《不可能的任务》！现在还有地方看吗？"我惊喜地问。

"二轮电影院啊！医师，你看过没？"

"还没，一直抽不出时间。好看吗？"

"还不错啊！那个汤姆·克鲁斯都不显老的。"

我感动地看着他，轻轻地问：

"怎么决定要去呢？"

他停顿了一下，才笑着说：

"现在一张票，两个人看，为什么不去？"

爱的领悟

哀伤或许持续，但笑容已经开始了。而思念，是永恒的。

在丈夫因心脏病去世后，美国作家琼·狄迪恩用一年的时间书写《奇想之年》（*The Year of Magical Thinking*）。那是一本哀悼之书，关于各种试图逃离现实，捕捉丈夫记忆片段的奇幻想法。但最终，这些magical thinking并没有施展任何魔法，让时间逆流、丈夫复生、哀伤消失殆尽。

在越过一年的那一天，狄迪恩于书的末章写道：

今天在雷辛顿大道上突然领悟到，我们一起度过的生活自此以后将会在我的日常生活中愈益不重要，背叛的感觉如此强烈。

我心中明白，我不愿让这一切就此结束，我也不愿让这一年就此结束。

未完的故事继续着。

继续着的是哀伤，因爱而不止息的哀伤。

继续着的是爱，因哀伤而永不磨灭的爱。